ゆずりは 古事記

大小田さくら子

発行 大和郡山市

未来につなげる言葉の種蒔き

古事記の言葉を、歴史的な背景や物語のストーリーを考えずに、ただ、声に出してよんでみてください。食べもののように、からだの中に取り入れてみてください。古事記には言葉の種がいっぱいつまっています。大地に蒔かれた種は、光や土、水や空気など、目には見えない精霊たちの働きで、芽が出て、茎が伸びて、葉が茂って、花が咲いて、実がなって、食べることができる。からだが食べたものでできているように、いにしえの時よりの知恵があふれる言葉の種もまた、からだを巡り、いずれ根っこを張る大きな木になるような、生き生きとした力を養ってくれるもの。ただ、ひたすらによむことに集中すると、からだが温かくなり、さらに、自分自身の生きている今この瞬間を差し出すように、大きな声を出してよみ唱えてみれば、自分の命が、おおいなる自然の中で生かされた、いにしえの時よりつながる命なのだということに、感謝の気持ちが湧いてきます。

原文よみ下し文の朗誦を始めてから十七年間、毎日大きな声でよみ唱えていくうちに、からだの中に、いにしえの言葉の大きな森ができました。それは未来をかえる命の森でもあります。

声に出してよむ「古事記」の世界を、言葉の響きを感じながら味わってください。新しい葉に養分をゆずり古い葉が散ることで、古くから大切な縁起物として伝えられてきた「ゆずりは」のように、いにしえの言の葉が、途絶えることなくその命を手渡していけますように、この本が、未来へとつながる言葉の種を蒔いてくれることを願っています。

装画／大小田万侑子

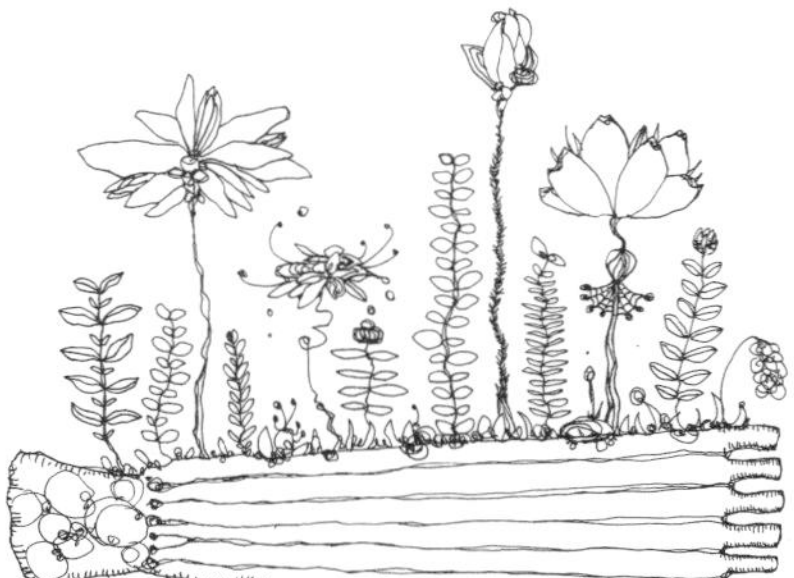

『古事記』には、まだ文字がなかった遥か昔の時代から口承《こうしょう》で伝えられてきた物語や歴史が記されています。天武天皇は、側で仕えていた舎人《とねり》である稗田《ひえだの》阿礼《あれ》に、天地創造の神話や古伝承、天皇の系譜や役割などを、声に出してよみ唱えながら伝えましたが、数年後に崩御されます。御代が移り変わり、三十年の時を経たのち、稗田阿礼がよみ唱えたものを、太安万侶《おおのやすまろ》が筆録して、和銅五年（七一二）、元明天皇に献上されました。

上巻《かみつまき》・中巻《なかつまき》・下巻《しもつまき》に分かれ、上巻は、主に神話篇。当時は、日本独自の書き記す文字がなく、公的な文書は、漢文が使われていましたが、筆録された古事記の文章は、古来の「やまとことば」の発音にこだわった変体漢文です。江戸時代、本居宣長《もとおりのりなが》によりよみ下され、一般に読めるようになりました。

目次

装丁／中村　聡

本書について

・『ゆずりは　古事記』は、上巻神代篇《かみつまき》全原文と、その現代語訳です。

・原文のよみ下し文は、素読、朗読、朗唱、朗誦のために、声に出してよみやすいように区切ったかな表記にしました。「やちほこのかみのつまどひ」の歌以外は、開いたページごとに対訳となるように現代語訳を配置しました。

・声に出してよむことにより、いにしえの言葉の響き、神代の物語の面白さを味わうことを目的としました。

・本書で使われたよみ下し文は、本居宣長『訂正古訓古事記』を底本に、幸田本『古事記』、岸本弘『朗読のための古訓古事記』を参考にしました。現代語の訳文は、できるだけ原文の言葉に沿うように、筆者の感覚的な解釈を加えながら訳し、諸々の本を参照しました。

・装画は、大小田万侑子による藍型染作品「やまとのはじまりのうた」、「おぼち、すすぢ、まぢち、うるぢ」、「貝殻文」などから採ったものです。

ゆずりは　古事記

あめつちのはじめ

あめつちの　はじめのとき
たかあまはらに　なりませる　かみのみなは
あめのみなかぬしのかみ
つぎに　たかみむすひのかみ
つぎに　かみむすひのかみ
この　みはしらのかみは　みな　ひとりがみ　なりまして
みを　かくしたまひき
つぎに　くにわかく　うきあぶらの　ごとくして
くらげなす　ただよへるときに　あしかびのごと
もえあがる　ものに　よりて　なりませる　かみのみなは
うましあしかびひこぢのかみ
つぎに　あめのとこたちのかみ
この　ふたはしらの　かみも　ひとりがみ　なりまして
みを　かくしたまひき
かみのくだり　いつはしらの　かみは　ことあまつかみ

この世界のはじめの時、
高天原《たかあまはら》のまん中に、天と地の成り立ちのすべて、
天御中主神《あめのみなかぬしのかみ》が、ふと、お姿をあらわしました。
つぎに命を生み出し、結び続ける高御産巣日神《たかみむすひのかみ》、
神産巣日神《かみむすひのかみ》があらわれました。
この三柱《みはしら》の神はすぐに見えなくなり、姿を隠してしまいました。
次に、柔らかく浮かび上がったばかりの油のように、
ふわりと揺れる海月《くらげ》のように、
また、にわかに萌え上がる葦《あし》かびのように、
宇摩志阿斯訶備比古遅神《うましあしかびひこぢのかみ》があらわれました。
つぎに、姿をあらわしたのは、揺るぎなく天を支え立つ天之常立神《あめのとこたちのかみ》。
この二柱《ふたはしら》の神も、すぐに、姿を隠してしまいました。
これまで、五柱《いつはしら》の神を、別天《ことあま》つ神《かみ》と呼びます。

つぎに　なりませる　かみのみなは　くにのとこたちのかみ
つぎに　とよくもぬのかみ
この　ふたはしらのかみも　みな　ひとりがみ　なりまして
みを　かくしたまひき
つぎに　なりませる　かみのみなは　うひぢにのかみ
つぎに　いもすひぢにのかみ
つぎに　つぬぐひのかみ　つぎに　いもいくぐひのかみ
つぎに　おほとのぢのかみ　つぎに　いもおほとのべのかみ
つぎに　おもだるのかみ　つぎに　いもあやかしこねのかみ
つぎに　いざなきのかみ　つぎに　いもいざなみのかみ
かみのくだり　くにのとこたちのかみより　しも　いざなみのかみまで
あはせて　かむよななよと　まをす
かみの　ふたはしらは　ひとりがみ　おのおの　ひとよと　まをす
つぎに　ならびます　とはしらは　おのおの　ふたはしらを　あわせて
ひとよと　まをす

そして、大地の確かさそのものである国之常立神《くにのとこたちのかみ》があらわれ、
豊かな雲を野原に湧きい出す豊雲野神《とよくもぬのかみ》があらわれました。
つぎに、砂をつくる宇比地邇神《うひぢにのかみ》、妹須比智邇神《いもすいぢにのかみ》。
つぎに、杙《くい》の働き角杙神《つぬぐいのかみ》、妹活杙神《いもいくぐいのかみ》。
つぎに、形としての土台をあらわす意富斗能地神《おおとのぢのかみ》、妹大斗乃弁神《いもおおとのべのかみ》。
つぎに、生きとし生けるものの恵みを知らせる於母陀流神《おもだるのかみ》、妹阿夜訶志古泥神《いもあやかしこねのかみ》。
そして、伊耶那岐神《いざなきのかみ》、妹伊耶那美神《いもいざなみのかみ》があらわれました。
国之常立神から伊耶那美神までの、長い長い時を、
あわせて神代七代《かむよななよ》と言います。

ここに　あまつかみ　もろもろの　みこと　もちて
いざなきのみこと　いざなみのみこと　ふたはしらの　かみに
この　ただよへる　くにを　つくり　かためなせと　のりごちて
あめのぬほこを　たまひて　ことよさし　たまひき
かれ　ふたはしらのかみ　あまのうきはしに　たたして
その　ぬほこを　さしおろして　かきたまへば
しほ　こをろこをろに　かきなして　ひきあげ　たまふ　ときに
その　ほこの　さきより　しただる　しほ
つもりて　しまと　なる　これ　おのごろしま　なり

ある時、天御中主神《あめのみなかぬしのかみ》は、子孫である男神、伊耶那岐命《いざなきのみこと》、女神、伊耶那美命《いざなみのみこと》に、
「この漂える国を、ふたりの力で、しっかりとつくり固めなさい」と、命じ、
天《あめ》の沼矛《ぬほこ》をお授けになりました。伊耶那岐命と伊耶那美命は、
天の浮き橋に立ち、混沌としたものの中に、その沼矛《ぬほこ》をさしおろし、
深く静かにかき回しますと、潮がこおろこおろと鳴りながら、渦を巻きました。
つぎに、矛をゆっくりと引き上げますと、
その矛の先から、潮の雫がしたたり落ち、積もり積もって島となりました。
これはおのずから転がる島、淤能碁呂島《おのごろしま》と名づけられました。

みとのまぐはひ

その　しまに　あもりまして　あめのみはしらを　みたて
やひろどのを　みたて　たまひき
ここに　その　いもいざなみのみことに
ながみは　いかに　なれると　とひたまへば
あがみは　なりなりて
なりあはざる　ところ　ひとところ　あり
とまをし　たまひき
いざなきのみこと　のりたまひつらく
あがみは　なりなりて
なりあまれる　ところ　ひとところ　あり
かれ　この　あがみの　なりあまれるところを
ながみの　なりあはざるところに　さしふたぎて
くにうみなさむ　とおもふは　いかに　とのりたまへば
いざなみのみこと　しかよけむ　とまをし　たまひき

ふたりの神は、その島へおりてゆき、
大きな神殿である、八尋殿《やひろどの》をお建てになりました。
伊耶那岐命《いざなきのみこと》は、
「あなたのからだは、どのようになっているのか」と、
伊耶那美命《いざなみのみこと》に、お尋ねになりました。
「わたしのからだには、足りてないところが、ひとつあります」
とお答えになると、
伊邪那岐命は、
「わたしのからだには、余っているところがひとつあります。
わたしの余っているところをもって、
あなたの足りてないところにさしふさいで、
国を生もうと思うが、いかがなものか」と、おっしゃられ、
伊邪那美命は、
「そうしましょう」とお答えになりました。

ここに　いざなきのみこと　しからば　あと　なと　この　あめのみはしらを
ゆきめぐりあひて　みとの　まぐはひ　せな　とのりたまひき
かく　いひちぎりて　すなはち　なは　みぎりより　めぐりあへ
あは　ひだりより　めぐりあはむ　とのりたまひ　ちぎりをへて　めぐりますときに
いざなみのみこと　まづ　あなにやし　え　をとこを　とのりたまひ
のちに　いざなきのみこと　あなにやし　え　をとめを　とのりたまひき
おのおの　のりたまひ　をへて　のちに　そのいもに
をみなを　ことさきだちて　ふさはず　とのりたまひき
しかれども　くみどに　おこして　みこ　ひるこを　うみたまひき
この　みこは　あしぶねに　いれて　ながし　すてつ
つぎに　あはしまを　うみたまひき　こも　みこの　かずには　いらず
ここに　ふたはしらのかみ　はかり　たまひつらく
いま　あが　うめりし　みこ　ふさはず　なほ　あまつかみの　みもとに　まをすべしと
のりたまひて　すなはち　ともに　まゐのぼりて　あまつかみのみことを　こひたまひき
ここに　あまつかみのみこと　もちて　ふとまにに　うらへて　のりたまひつらく
をみなを　ことさきだちしに　よりて　ふさはず
また　かへりくだりて　あらため　いへ　とのりたまひき

「それでは、わたしとあなたと、ともにこの天御柱《あめのみはしら》をめぐり、出逢った所で、御床《みと》の契りを交《かわ》そう。あなたは右よりめぐりなさい。

わたしは、左よりめぐり、そうしてお逢いしましょう」

伊耶那岐命《いざなきのみこと》が、そう仰せになり、天御柱をめぐり、行き逢いました。

まず、伊耶那美命《いざなみのみこと》が、お声をかけました。

「まあ、なんとすばらしいお方なのでしょう」

その後に、伊耶那岐命が、おっしゃいました。

「まあ、なんと美しい乙女なのか」

言葉を交わされた後に、そのまま契りを交わされ、生まれた子は、流れる水のような水蛭子《ひるこ》で、葦船に入れて海に流されてしまいました。

次に生まれた淡嶋《あわしま》も、はかなげな泡のような形を成さぬものでしたので、どちらも、御子として、認められませんでした。

そこで、おふたりの神は話し合い、教えを請うために、高天原の天つ神のみもとに参上されました。

そして、神意を占う太占《ふとまに》により、天つ神のお言葉をいただきました。

「やはり、女神が先だって事を為したのがよくないこと、あらためて、始めからもう一度やりなおしなさい」

くにうみ

かれ　すなはち　かへり　くだりまして
さらに　かの　あめのみはしらを　さきのごと　ゆきめぐり　たまひき
ここに　いざなきのみこと　まづ　あなにやし　え　をとめを　とのりたまひ
のちに　いもいざなみのみこと　あなにやし　え　をとこを　とのりたまひき
かく　のりたまひ　をへて　みあひまして
みこ　あはぢのほのさわけのしまを　うみたまひき
つぎに　いよのふたなのしまを　うみたまひき
このしまは　み　ひとつにして　おも　よつあり　おもごとに　なあり
かれ　いよのくにを　えひめといひ　さぬきのくにを　いひよりひことといひ
あはのくにを　おほげつひめといひ　とさのくにを　たけよりわけといふ
つぎに　おきのみつごのしまを　うみたまふ　またのなは　あめのおしころわけ

そして、二柱《ふたはしら》の神は、天御柱《あめのみはしら》をめぐり、出逢った所で、
まず、伊耶那岐命《いざなきのみこと》が、「まあ、なんと美しいお方なのか」とおっしゃいました。
つぎに、伊耶那美命《いざなみのみこと》が、「まあ、なんとすばらしいお方でしょうか」とおっしゃられ、
御床《みと》の契《ちぎ》りを交《か》わし、はじめに、淡路島をお生みになりました。
つぎに伊予之二名嶋《いよのふたなのしま》、四国をお生みになりました。
この島は、身はひとつでありながら四つの顔を持っておりました。
伊予《いよ》の国は愛比売《えひめ》といい、
讃岐《さぬき》の国は飯依比古《いいよりひこ》といい、
粟《あわ》の国は大宣都比売《おおげつひめ》といい、
土左の国は建依別《たけよりわけ》といいます。
つぎに隠岐之三子之嶋《おきのみつごのしま》をお生みになりました。
またの名は、天之忍許呂別《あめのおしころわけ》といいます。

つぎに　つくしのしまを　うみたまふ
このしまも　み　ひとつにして　おも　よつあり　おもごとに　なあり
かれ　つくしのくにを　しらびわけといひ　とよくにを　とよびわけといひ
ひのくにを　たけひむかひとよくじひねわけといひ　くまそのくにを　たけびわけといふ
つぎに　いきのしまを　うみたまふ　またのなは　あめひとつばしらといふ
つぎに　つしまを　うみたまふ　またのなは　あめのさでよりひめといふ
つぎに　さどのしまを　うみたまふ　つぎに　おほやまととよあきづしまを　うみたまふ
またのなは　あまのみそらとよあきづねわけといふ
かれ　このやしまぞ　まづ　うみませる　くになるに　よりて　おほやしまくにといふ
さてのち　かへりましし　ときに　きびのこじまを　うみたまふ
またのなは　たけひがたわけといふ
つぎに　あづきしまを　うみたまふ　またのなは　おおぬでひめといふ
つぎに　おほしまを　うみたまふ　またのなは　おほたまるわけといふ
つぎに　ひめじまを　うみたまふ　またのなは　あめひとつねといふ
つぎに　ちかのしまを　うみたまふ　またのなは　あめのおしをといふ
つぎに　ふたごのしまを　うみたまふ　またのなは　あめふたやといふ
きびのこじまより　あめふたやのしままで　あはせて　むしま

つぎに筑紫嶋《つくしのしま》、九州をお生みになりました。

この島も、身はひとつでありながら、四つの顔を持ち、それぞれに名前がありました。

筑紫の国は白日別《しらびわけ》といい、豊国《とよくに》は豊日別《とよびわけ》といい、

肥《ひ》の国は建日向日豊久士比泥別《たけひむかひとよくじひねわけ》といい、熊曾国《くまそのくに》は建日別《たけびわけ》といいます。

つぎに伊岐嶋《いきのしま》、壱岐《いき》をお生みになりました。またの名は天比登都柱《あめひとつばしら》といいます。

つぎに津嶋《つしま》をお生みになりました。またの名は天之狭手依比売《あめのさでよりひめ》といいます。

つぎに、佐渡嶋をお生みになりました。つぎに大倭豊秋津嶋《おおやまととよあきずしま》、本州をお生みになりました。

またの名は天御虚空豊秋津根別《あめのみそらとよあきつねわけ》といいます。

そののち、淤能碁呂島《おのごろしま》にお帰りになる途中に、

まず、吉備児嶋《きびのこじま》をお生みになりました。またの名は建日方別《たけひがたわけ》といいます。

つぎに、小豆嶋《あずきしま》をお生みになりました。またの名は大野手比売《おおぬでひめ》といいます。

つぎに、大嶋《おおしま》をお生みになりました。またの名は、大多麻流別《おおたまるわけ》といいます。

つぎに、女嶋《ひめじま》をお生みになりました。またの名は、天一根《あめひとつね》。

つぎに知訶嶋《ちかのしま》をお生みになりました。またの名は、天之忍男《あめのおしお》。

つぎに両児嶋《ふたごのしま》をお生みになりました。またの名は、天両屋《あめふたや》。

このようにして、吉備児嶋より天両屋の嶋までの六つの島をお生みになりました。

かみうみ

すでに　くにを　うみをへて　さらに　かみを　うみます
かれ　うみませる　かみのみなは　おほことおしをのかみ
つぎに　いはつちびこのかみを　うみまし
つぎに　いはすびめのかみを　うみまし
つぎに　おほとびわけのかみを　うみまし
つぎに　あめのふきをのかみを　うみまし
つぎに　おほやびこのかみを　うみまし
つぎに　かざけつわけのおしをのかみを　うみまし
つぎに　わたのかみ　みなは　おほわたつみのかみを　うみまし
つぎに　みなとのかみ　みなは　はやあきづひこのかみ
つぎに　いもはやあきづひめのかみを　うみましき
おほことおしをのかみより　あきづひめのかみまで
あはせて　とはしら

国生みを終えられた伊耶那岐命《いざなきのみこと》、伊耶那美命《いざなみのみこと》は、
さらに神々をお生みになりました。

まず、大事忍男神《おおことおしおのかみ》をお生みになり、
つぎに、石土毘古神《いはつちびこのかみ》、石巣比売神《いはすびめのかみ》、大戸日別神《おおとびわけのかみ》、天吹男神《あめのふきおのかみ》、大屋毘古神《おおやびこのかみ》、
風木津別之忍男神《かざけつわけのおしおのかみ》など、家作りに必要な土や砂、風に耐え、
家をお守りする神々をお生みになりました。

つぎに、海の神、大綿津見神《おおわたつみのかみ》をお生みになりました。

つぎに、水戸《みなと》の神、速秋津日子神《はやあきつひこのかみ》、妹速秋津比売神《いもはやあきつひめのかみ》をお生みになりました。
海の水が、川の水にかわる入り口である水戸を祓い浄める神です。

大事忍男神より、秋津比売神まで、
あわせて十柱《とはしら》の神をお生みになりました。

この　はやあきづひこ　はやあきづひめ　ふたはしらのかみ
かはうみに　よりて　もちわけて　うみませる　かみのみなは
あわなぎのかみ　つぎに　あわなみのかみ
つぎに　つらなぎのかみ　つぎに　つらなみのかみ
つぎに　あめのみくまりのかみ
つぎに　くにのみくまりのかみ
つぎに　あめのくひざもちのかみ
つぎに　くにのくひざもちのかみ
あわなぎのかみより　くにのくひざもちのかみまで
あはせて　やはしら
つぎに　かぜのかみ　みなは　しなつひこのかみを　うみます
つぎに　きのかみ　みなは　くくのちのかみを　うみます
つぎに　やまのかみ　みなは　おほやまつみのかみを　うみます
つぎに　ぬのかみ　みなは　かやぬひめのかみを　うみます
またのみなは　ぬづちのかみと　まをす
しなつひこのかみより　ぬづちまで　あはせて　よはしら

この水戸《みなと》の神、男神である速秋津日子《はやあきつひこ》、女神である速秋津比売《はやあきつひめ》は、
おふたりで、川や海を分けもち、沫那芸神《あわなぎのかみ》、沫那美神《あわなみのかみ》、
頬那芸神《つらなぎのかみ》、頬那美神《つらなみのかみ》、天之水分神《あめのみくまりのかみ》、国之水分神《くにのみくまりのかみ》、
天之久比箸母智神《あめのくいざもちのかみ》、国之久比箸母智神《くにのくいざもちのかみ》をお生みになりました。

沫那芸神より、国之久比箸母智神まで、
あわせて八柱《やはしら》です。

つぎに、風の神である志那都比古神《しなつひこのかみ》をお生みになりました。
つぎに、木の神である久久能智神《くくのちのかみ》をお生みになりました。
つぎに、山の神である大山津見神《おおやまつみのかみ》をお生みになりました。
つぎに、野の神である鹿屋野比売神《かやぬいめのかみ》をお生みになりました。
またの名を、野椎神《ぬづちのかみ》といいます。

志那都比古神より、野椎神まで、
あわせて四柱《よはしら》です。

この　おほやまつみのかみ　ぬづちのかみ　ふたはしら
やまぬに　よりて　もちわけて　うみませる　かみのみなは
あめのさづちのかみ　つぎに　くにのさづちのかみ
つぎに　あめのさぎりのかみ　つぎに　くにのさぎりのかみ
つぎに　あめのくらどのかみ　つぎに　くにのくらどのかみ
つぎに　おほとまとひこのかみ
つぎに　おほとまとひめのかみ
あめのさづちのかみより　おほとまとひめのかみまで
あはせて　やはしら
つぎに　うみませる　かみのみなは　とりのいはくすぶねのかみ
またのみなは　あめのとりふねと　まをす
つぎに　おほげつひめのかみを　うみまし
つぎに　ひのやぎはやをのかみを　うみます
またのみなは　ひのかがびこのかみと　まをし
またのみなは　ひのかぐつちのかみと　まをす
このみこを　うみますにより　みほと　やかえて　やみ　こやせり

つぎに、大山津見神《おおやまつみのかみ》と、野椎神《ぬづちのかみ》は、山と野を分けもって、
山頂や霧、谷や迷い道のような自然の神々をお生みになりました。
天之狭土神《あめのさづちのかみ》、国之狭土神《くにのさづちのかみ》、
天之狭霧神《あめのさぎりのかみ》、国之狭霧神《くにのさぎりのかみ》、
天之闇戸神《あめのくらどのかみ》、国之闇戸神《くにのくらどのかみ》、
大戸惑子神《おおとまといこのかみ》、大戸惑女神《おおとまといめのかみ》をお生みになりました。

天之狭土神より大戸惑女神まで、

あわせて八柱《やはしら》です。

つぎに、奇《く》しき船である鳥之石楠船神《とりのいわくすぶねのかみ》をお生みになりました。
またの名を天鳥船神《あめのとりふねのかみ》といいます。

つぎに、食物の神である、大宜津比売神《おおげつひめのかみ》をお生みになりました。
そして、火の神である火之夜芸速男神《ひのやぎはやおのかみ》をお生みになりました。
またの名を火炫毘古神《ひのかがびこのかみ》、火迦具土神《ほのかぐつちのかみ》といいます。
火の神をお生みになった伊耶那美命《いざなみのかみ》は、
女陰《みほと》を焼かれて、病に伏してしまいました。

たぐりに　なりませる　かみのみなは　かなやまびこのかみ
つぎに　かなやまびめのかみ
つぎに　くそに　なりませる　かみのみなは　はにやすびこのかみ
つぎに　はにやすびめのかみ
つぎに　ゆまりに　なりませる　かみのみなは　みつはのめのかみ
つぎに　わくむすひのかみ
この　かみのみこを　とようけびめのかみと　まをす
かれ　いざなみのかみは　ひのかみを　うみませるによりて　つひに　かむさりましぬ
あめのとりふねより　とようけびめのかみまで　あはせて　やはしら
すべて　いざなき　いざなみ　ふたはしらのかみ
ともに　うみませる　しま　とをまりよしま　かみ　みそぢまりいつはしら
こは　いざなみのかみ　いまだ　かむさりまさざりし　さきに　うみませる
ただ　おのごろしまのみは　うみませる　ならず
また　ひること　あはしまとも　みこの　かずに　いらず

伊耶那美神《いざなみのかみ》の吐いたものからあらわれた神は、
鉱山に関わる金山毘古神《かなやまびこのかみ》と金山毘売神《かなやまびめのかみ》です。
屎《くそ》からあらわれた神は、
土に関わる波邇夜須毘古神《はにやすびこのかみ》と波邇夜須毘売神《はにやすびめのかみ》です。
尿《ゆまり》からあらわれた神は、弥都波能売神《みつはのめのかみ》と、和久産巣日神《わくむすひのかみ》です。
わくわくと物を生成するこの神の御子《みこ》は、
豊かな実りの神である豊宇気毘売神《とようけびめのかみ》です。
伊耶那美神は、火の神をお生みになり、ついに、お亡くなりになりました。
天鳥船神《あめのとりふねのかみ》から、豊宇気毘売神まで、
あわせて八柱《やはしら》の神があらわれました。
伊耶那岐《いざなき》、伊耶那美の二柱《ふたはしら》の神が、お生みになられた島は十有余島《じゅうゆうよしま》、
神は（男女神を合わせて一柱として）三十五柱《みそちあまりいつはしら》です。
意能碁呂嶋《おのごろしま》は、お生みになられたというわけではなく、
また、水蛭子《ひるこ》と淡島《あわしま》は数には入りません。

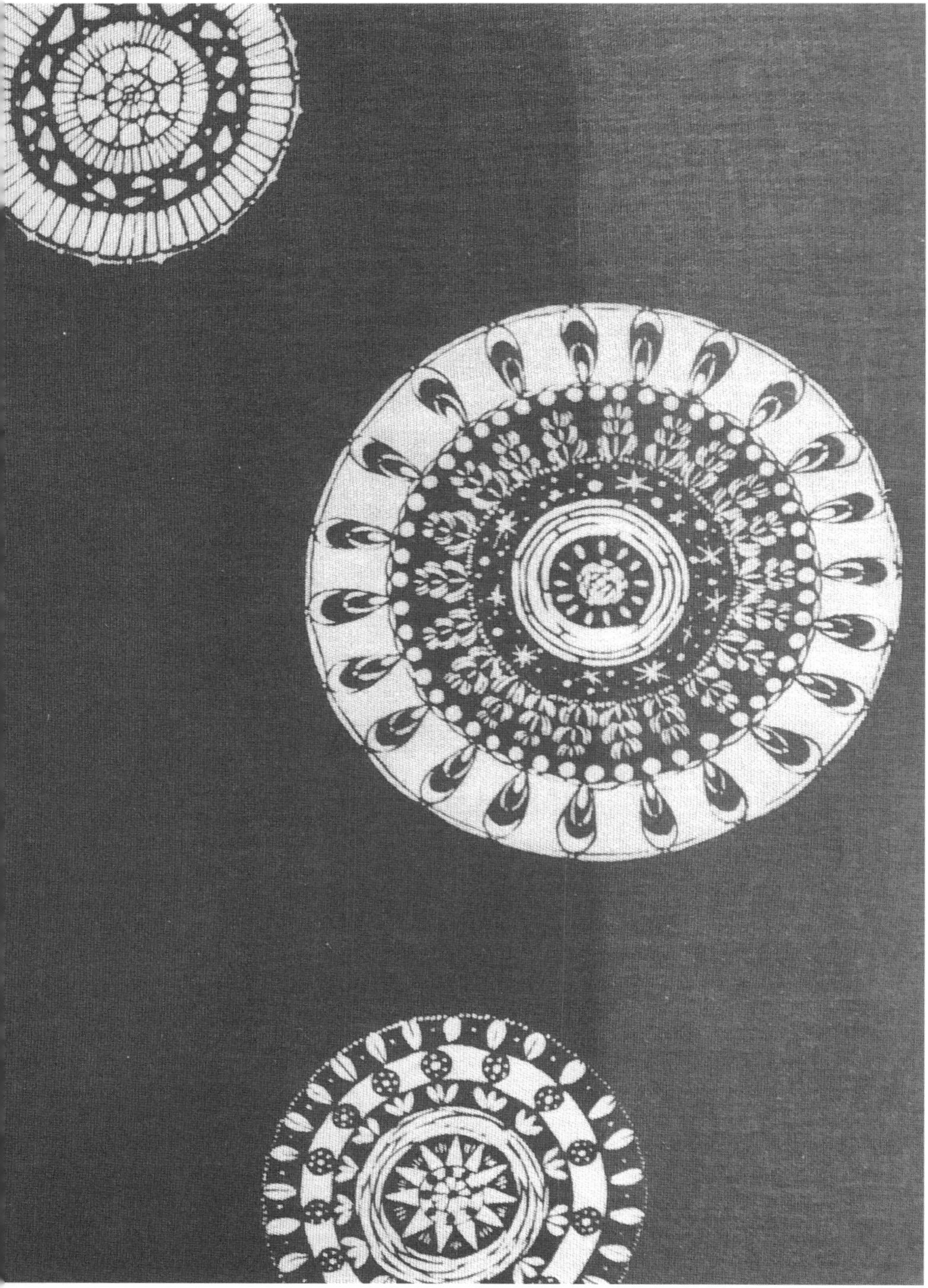

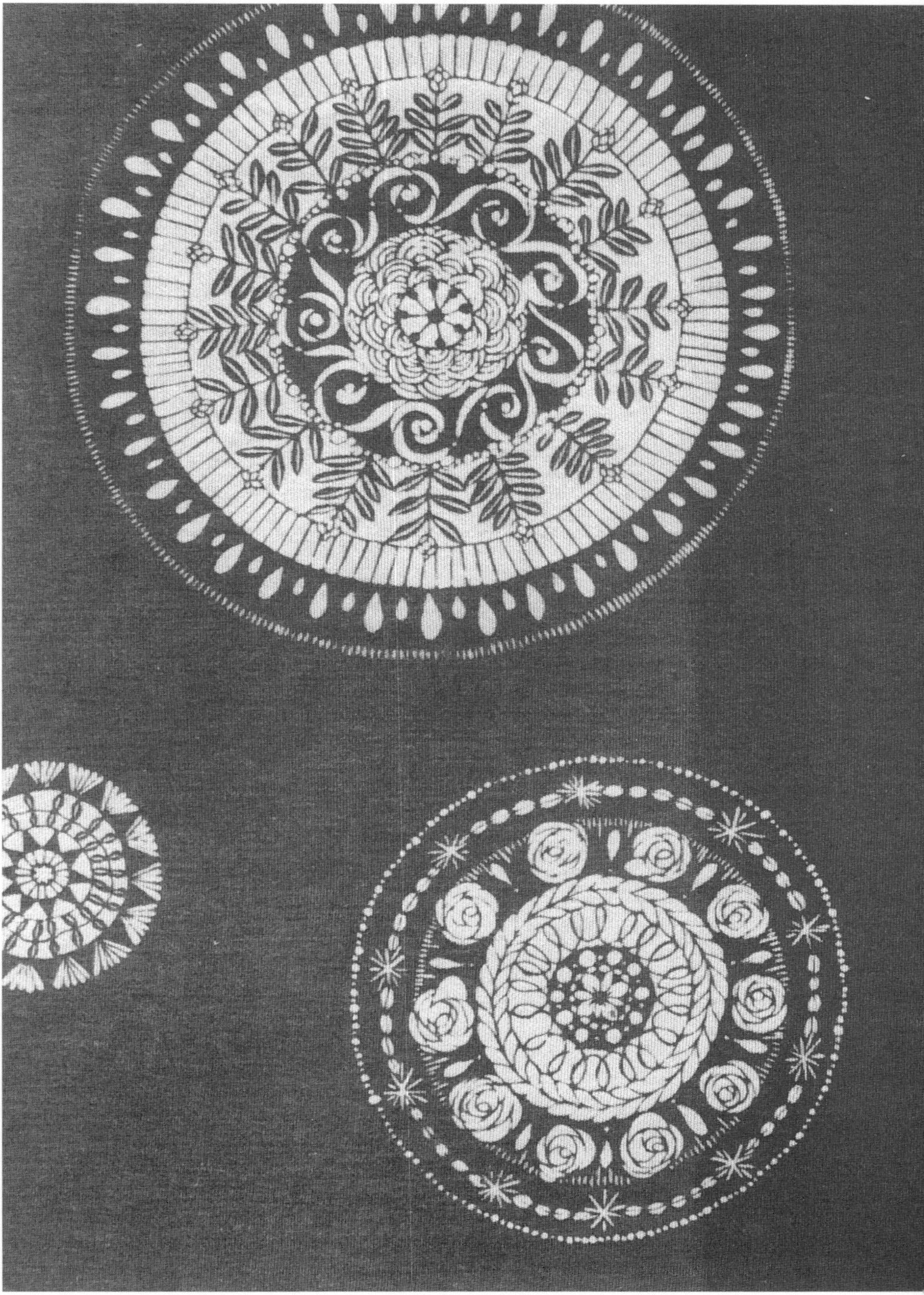

かれ　ここに　いざなきのみことの　のりたまはく
うつくしき　あが　なにものみことや
この　ひとつけに　かへつるかも
とのりたまひて　みまくらべに　はらばひ
みあとべに　はらばひて
なきたまふ　ときに　みなみだに　なりませる　かみは
かぐやまの　うねをの　このもとに　ます
みなは　なきさはめのかみ
かれ　そのかむさりましし　いざなみのかみは
いづものくにと　ははきのくにとの　さかひ
ひばのやまに　かくしまつりき

伊耶那岐命《いざなきのみこと》は、嘆き悲しまれ、
「愛しい妻よ、ひとりの御子のために、
みずからの命をひきかえにされたのか」
とおっしゃって、
枕辺《まくらべ》に腹這い、あしもとに腹這いになり、
お泣きになりました。
その涙からあらわれたのが、泣沢女神《なきさわめのかみ》です。
大和の香久山《かぐやま》の畝尾《うねお》の木《き》の根元《ねもと》におられます。
お亡くなりになった伊耶那美神《いざなみのかみ》は、
出雲の国と伯耆《ほうき》の国の境、比婆《ひば》の山に葬られました。

ここに　いざなきのみこと　みはかせる　とつかつるぎを　ぬきて
そのみこ　かぐつちのかみの　みくびを　きりたまふ
ここに　そのみはかしの　さきに　つける　ち　ゆついはむらに　たばしりつきて
なりませる　かみのみなは　いはさくのかみ
つぎに　ねさくのかみ　つぎに　いはつつのをのかみ
つぎに　みはかしの　もとに　つけるちも　ゆついはむらに　たばしりつきて
なりませる　かみのみなは　みかはやびのかみ　つぎに　ひはやびのかみ
つぎに　たけみかづちのをのかみ　またのみなは　たけふつのかみ
またのみなは　とよふつのかみ
つぎに　みはかしの　たかみに　あつまる　ち　たなまたより　くきでて
なりませる　かみのみなは　くらおかみのかみ　つぎに　くらみつはのかみ
かみのくだり　いはさくのかみよりしも　くらみつはのかみまで
あはせて　やはしらは　みはかしに　よりて　なりませる　かみなり

伊耶那岐命《いざなきのみこと》は、身につけていた十拳剣《とつかつるぎ》をぬいて、
御子である迦具土神《かぐつちのかみ》の首を断ってしまわれました。
その刀の先端についた血が、聖なる岩に飛び散って、
そこに、石拆神《いわさくのかみ》、根拆神《ねさくのかみ》、石筒之男神《いわつつのおのかみ》があらわれました。
刀の根元についた血もまた、聖なる石に飛び散って、
甕速日神《みかはやびのかみ》、樋速日神《ひはやびのかみ》、
そして、建御雷之男神《たけみかづちのおのかみ》があらわれました。
またの名を、建布都神《たけふつのかみ》、豊布都神《とよふつのかみ》といいます。
つぎに、刀にたまった血が、指の間から漏れ出て、
そこから、闇淤加美神《くらおかみのかみ》、闇御津羽神《くらみつはのかみ》があらわれました。
石拆神《いわさくのかみ》から闇御津羽神《くらみつはのかみ》まで、
あわせて八柱《やはしら》の神は、
刀からお生まれになった神です。

ころさえましし　かぐつちのかみの
みかしらに　なりませる　かみのみなは　まさかやまつみのかみ
つぎに　みむねに　なりませる　かみのみなは　おどやまつみのかみ
つぎに　みはらに　なりませる　かみのみなは　おくやまつみのかみ
つぎに　みほとに　なりませる　かみのみなは　くらやまつみのかみ
つぎに　ひだりの　みてに　なりませる　かみのみなは　しぎやまつみのかみ
つぎに　みぎりの　みてに　なりませる　かみのみなは　はやまつみのかみ
つぎに　ひだりの　みあしに　なりませる　かみのみなは　はらやまつみのかみ
つぎに　みぎりの　みあしに　なりませる　かみのみなは　とやまつみのかみ
まさかやまつみのかみより　とやまつみのかみまで　あはせて　やはしら
かれ　きりたまへる　みはかしの　なは　あめのをはばりと　いふ
またのなは　いつのをはばりと　いふ

殺された迦具土神《かぐつちのかみ》の頭にあらわれた神の名前は、正鹿山津見神《まさかやまつみのかみ》です。
胸にあらわれた神の名前は、淤縢山津見神《おどやまつみのかみ》です。
腹にあらわれた神の名前は、奥山津見神《おくやまつみのかみ》です。
陰《ほと》にあらわれた神の名前は、闇山津見神《くらやまつみのかみ》です。
左の手にあらわれた神の名前は、志芸山津見神《しぎやまつみのかみ》です。
右の手にあらわれた神の名前は、羽山津見神《はやまつみのかみ》です。
左の足にあらわれた神の名前は、原山津見神《はらやまつみのかみ》です。
右の足にあらわれた神の名前は、戸山津見神《とやまつみのかみ》です。
正鹿山津見神から戸山津見神まで、あわせて八柱です。
お斬りになられた刀の名前は、天之尾羽張《あめのおはばり》といいます。
またの名前を、伊都之尾羽張《いつのおはばり》といいます。

よみのくに

ここに　その　いもいざなみのみことを　あひみまく　おもほして
よもつくにに　おひいでましき
すなはち　とのどより　いでむかへます　ときに
いざなきのみこと　かたらひ　たまはく
うつくしき　あが　なにものみこと
あれ　みましと　つくれりし　くに
いまだ　つくりをへず　あれば　かへりまさね　とのりたまひき
ここに　いざなみのみことの　まをしたまはく
くやしきかも　とく　きまさずて　あは　よもつへぐい　しつ
しかれども　うつくしき　あが　なせのみこと
いりきませる　こと　かしこければ　かへりなむを
あしたに　つばらかに　よもつかみと　あげつらはむ
あを　な　みたまひそ
かくまをして　そのとのぬちに　かへりいりませる　ほど
いと　ひさしくて　まちかねたまひき

「もういちど、どうしても逢いたい」と、伊耶那岐命《いざなきのみこと》は、黄泉《よみ》の国にお訪ねになり、伊耶那美命《いざなみのみこと》に、

「愛しい伊耶那美命よ、

わたしとあなたとの国づくりは、まだ終わってはいないのです。

どうか、帰ってきてください」と呼びかけます。

伊耶那美命は、お答えになりました。

「なぜもっと、早く来てはくださらなかったのですか。

わたくしは、黄泉の国の食べ物を口にしてしまいました。

それでも、愛しいあなたのために、

なんとか黄泉の国の神に頼んでみますので、

どんなことがあっても、わたくしの姿をみないでくださいませ」

伊耶那岐命は、待っていました。

しかし、いっこうにお姿をあらわさない伊耶那美命。

伊耶那岐命は、とうとう待ちきれずに黄泉の国に入って行かれました。

かれ　ひだりの　みみづらに　ささせる　ゆつつまぐしの　をばしら　ひとつ
とりかきて　ひとつび　ともして　いりみます　ときに　うじたかれ　とろろぎて
みかしらには　おほいかづち　をり　みむねには　ほのいかづち　をり
みはらには　くろいかづち　をり　みほとには　さくいかづち　をり
ひだりの　みてには　わきいかづち　をり
みぎりの　みてには　つちいかづち　をり
ひだりの　みあしには　なるいかづち　をり
みぎりの　みあしには　ふしいかづち　をり
あはせて　やくさの　いかづちがみ　なり　をりき

伊耶那岐命《いざなきのみこと》は、左のみづらに刺していた湯津々間櫛《ゆつつまぐし》をはずし、
ひとつ火《び》を灯《とも》して、見わたしてみますと、そこには、変わり果てた女神のお姿、
頭には大雷《おおいかずち》が、胸には火雷《ほのいかずち》が、腹には黒雷《くろいかずち》が、陰《ほと》には折雷《さくいかずち》が、
左の手には若雷《わきいかずち》が、右の手には土雷《つちいかずち》が、左の足には鳴雷《なるいかずち》が、
右の足には伏雷《ふしいかずち》が、あわせて八種《やくさ》の雷神《いかずちがみ》がおりました。

ここに　いざなきのみこと　みかしこみて　にげかへります　ときに
その　いもいざなみのみこと　あれに　はぢ　みせたまひつ　とまをしたまひて
すなはち　よもつしこめを　つかはして　おはしめき
かれ　いざなきのみこと　くろみかづらを　とりて　なげうて　たまひしかば
すなはち　えびかづらの　み　なりき
こを　ひりひはむ　あひだに　にげいでますを　なほ　おひしかば
また　その　みぎりの　みみづらに　さささせる　ゆつつまぐしを　ひきかきて
なげうてたまへば　すなはち　たかむな　なりき　こをぬきはむ　あひだに　にげいでましき
また　のちには　かの　やくさの　いかづちがみに
ちいほの　よもついくさを　そへて　おはしめき
かれ　みはかせる　とつかつるぎを　ぬきて　しりへでに　ふきつつ　にげきませるを
なほ　おひて　よもつひらさかの　さかもとに　いたる　ときに　そのさかもと　なる
もものみを　みつ　とりて　まちうち　たまひしかば　ことごとに　にげかへりき
ここに　いざなきのみこと　ももに　のりたまはく
いまし　あを　たすけしがごと　あしはらのなかつくにに
あらゆる　うつしき　あをひとくさの　うきせに　おちて　くるしまむときに　たすけてよ
とのりたまひて　おほかむづみのみこと　といふなを　たまひき

伊耶那岐命《いざなきのみこと》は、それを見て、思わず逃げ出してしまいました。
「わたくしに恥をかかせたのですね」と腹を立てる伊耶那美命《いざなみのみこと》は、
黄泉醜女《よもつしこめ》たちを遣《つか》わして、愛しい男神を追わせました。
追いかけてくる黄泉醜女《よもつしこめ》に向かって、逃げる伊耶那岐命は、
髪につけていた黒みかづらの蔓草《つるくさ》を投げつけました。投げつけた蔓草は、
たくさんの山ぶどうに変わり、それを醜女たちが食べている間に逃げ、
食べ終わってまた追ってくると、
こんどは右のみづらにつけていた湯津々間櫛《ゆつつまぐし》を、投げつけました。
その櫛は竹の子に変わり、醜女たちが食べている間に、
伊耶那岐命は、なんとか逃げのびました。
最後に、伊耶那美命は、八種《やくさ》の雷《いかづち》の神たちに、たくさんの軍勢をつけて追わせます。
十挙剣《とつかつるぎ》を後ろ手に振りかざし、伊耶那岐命は、黄泉比良坂《よもつひらさか》にたどりつきました。
坂の下の木になっている桃の実を三つもぎとり、雷の神たちに投げつけると、
あっという間に、逃げ去りました。
伊耶那岐命は、「これからも、苦しんでいる人々を助けてほしい」と、
桃の実に、意富牟豆美命《おおかむずみのみこと》という名前を授けました。

ことどをわたす

いやはてに　その　いもいざなみのみこと
み　みづから　おひ　きましき
すなはち　ちびきいはを　その　よもつひらさかに　ひきさへて
その　いはを　なかに　おきて　あひむき　たたして　ことどを　わたすときに
いざなみのみことの　まをしたまはく
うつくしき　あが　なせのみこと　かくし　たまはば
みましの　くにの　ひとくさ　ひとひに　ちかしら　くびり　ころさむ
とまをしたまひき
ここに　いざなきのみことの　のりたまはく
うつくしき　あが　なにものみこと　みまし　しかしたまはば
あれはや　ひとひに　ちいほうぶや　たててむ　とのりたまひき
ここをもて　ひとひに　かならず　ちひと　しに
ひとひに　かならず　ちいほひとなも　うまるる

最後に、追いかけて来た伊耶那美命《いざなみのみこと》の前に、巨大な千引岩《ちびきいわ》をひきよせ、
伊耶那岐命《いざなきのみこと》は、黄泉《よみ》の国との境、黄泉比良坂《よもつひらさか》をふさぎました。
伊藤耶那美命は、おっしゃいました。
「愛しい、わが伊耶那岐命よ、
あなたがそのような仕打ちをなさるのなら、
わたくしは、あなたの国の人々を一日に千人、縊《くび》り殺します」
伊耶那岐命は、お答えになりました。
「愛しい、わが伊耶那美命よ、
あなたがそのようなことをなさるのなら、
わたしは、一日に千五百の産屋《うぶや》をたて、千五百の子を誕生させましょう」
おふたりのこの言葉によって、
この世では一日に千人の人が死に、
一日に千五百人の人が生まれるようになりました

かれ　その　いざなみのみことを　よもつおほかみと　まをす
また　かの　おひしきしによりて　ちしきのおほかみと　まをすとも　いへり
また　その　よみのさかに　さやれりし　いはは
ちがへしのおほかみとも　まをし
さやります　よみどのおほかみとも　まをす
かれ　その　いはゆる　よもつひらさかは　いま
いづものくにの　いふやざか　となも　いふ

そうして、伊耶那美命《いざなみのみこと》は、「黄泉津大神《よもつおおかみ》」と呼ばれるようになり、追いついたことによって、「道敷大神《ちしきのおおかみ》」とも呼ばれ、黄泉比良坂《よもつひらさか》をふさいだ千引岩《ちびきいわ》は、「道反大神《ちがえしのおおかみ》」とも、「塞坐黄泉戸大神《さやりますよみどのおおかみ》」ともいわれています。

この黄泉比良坂は、出雲の国の伊賦夜坂《いうやざか》であるといいます。

みそぎはらひ

ここを　もて　いざなきのおほみかみの　のりたまはく
あは　いな　しこめしこめき　きたなき　くにに　いたりて　ありけり
かれ　あは　おほみまの　はらひせな　とのりたまひて　つくしの　ひむかの
たちばなの　をどの　あはぎはらに　いでまして　みそぎはらひ　たまひき
かれ　なげうつる　みつゑに　なりませる　かみのみなは　つきたつふなどのかみ
つぎに　なげうつる　みおびに　なりませる　かみのみなは　みちのながちはのかみ
つぎに　なげうつる　みもに　なりませる　かみのみなは　ときおかしのかみ
つぎに　なげうつる　みけしに　なりませる　かみのみなは　わづらひのうしのかみ
つぎに　なげうつる　みはかまに　なりませる　かみのみなは　ちまたのかみ
つぎに　なげうつる　みかがふりに　なりませる　かみのみなは　あきぐひのうしのかみ
つぎに　なげうつる　ひだりの　みての　たまきに　なりませる　かみのみなは
おきざかるのかみ　つぎに　おきつなぎさびこのかみ　つぎに　おきつかひべらのかみ
つぎに　なげうつる　みぎりの　みての　たまきに　なりませる　かみのみなは
へざかるのかみ　つぎに　へつなぎさびこのかみ　つぎに　へつかひべらのかみ
みぎのくだり　ふなどのかみよりしも　へつかひべらのかみまで　とをまりふたはしらは
みみにつける　ものを　ぬぎうてて　たまひしに　よりて　なりませる　かみ　なり

伊耶那岐命《いざなきのみこと》は、

「わたしは、ひどく汚い国に行ってしまっていたのだ。

身を祓《はら》い浄《きよ》めなければならない」と仰せになり、
筑紫《つくし》の日向《ひむか》の橘《たちばな》の小戸《おど》の阿波岐原《あわぎはら》においでになり、禊祓《みそぎはら》いをなさいました。

禊《みそぎ》の際に投げすてたものから、道標《みちしるべ》の神や、災いを遠ざける神がお生まれになりました。

御杖《みつえ》からは衝立船戸神《つきたつふなどのかみ》。御帯《みおび》からは道之長乳歯神《みちのながちはのかみ》。

御袋《みふくろ》からは時置師神《ときおかしのかみ》。御衣《みけし》からは和豆良比能宇斯神《わずらいのうしのかみ》。

御褌《みはかま》からは道俣神《ちまたのかみ》。御冠《みかがふり》からは飽咋之宇斯能神《あきぐいのうしのかみ》。

左の御手《みて》に巻いた腕輪からは奥疎神《おきざかるのかみ》、奥津那芸佐毘古神《おきつなぎさびこのかみ》、奥津甲斐弁羅神《おきつかいべらのかみ》。

右の御手に巻いた腕輪からは辺疎神《へざかるのかみ》、辺津那芸佐毘古神《へつなぎさびこのかみ》、辺津甲斐弁羅神《へつかいべらのかみ》。

船戸神から辺津甲斐弁羅神《へつかいべらのかみ》まで十二柱《とおあまりふたはしら》の神は、
身につけたものを投げすてたことによって生まれた神です。

ここに　かみつせは　せ　はやし　しもつせは　せ　よわし　とのりごちたまひて
はじめて　なかつせに　おりかづきて　そそぎたまふ　ときに
なりませる　かみのみなは　やそまがつひのかみ　つぎに　おほまがつひのかみ
この　ふたはしらは　かの　きたなき　しきぐにに　いたりましし　ときの
けがれに　よりて　なりませる　かみなり
つぎに　そのまがを　なほさむとして　なりませる　かみのみなは　かむなほびのかみ
つぎに　おほなほびのかみ　つぎに　いづのめのかみ
つぎに　みなそこに　そそぎたまふ　ときに　なりませる　かみのみなは
そこつわたつみのかみ　つぎに　そこづつのをのみこと　なかに　そそぎたまふ　ときに
なりませる　かみのみなは　なかつわたつみのかみ　つぎに　なかづつのをのみこと
みずのうへに　そそぎたまふときに　なりませる　かみのみなは　うわつわたつみのかみ
つぎに　うはづつのをのみこと
この　みはしらの　わたつみのかみは　あづみのむらじらが　おやがみと
もちいつく　かみなり　かれ　あづみのむらじらは　この　わたつみのかみのみこ
うつしひがなさくのみことの　すゑなり
その　そこづつのをのみこと　なかづつのをのみこと　うはづつのをのみこと
みはしらのかみは　すみのえの　みまへの　おほかみなり

「上《かみ》の瀬は流れが速い、下《しも》の瀬は流れが弱い」と仰せになり、
中の瀬に入りくぐって身を浄められた時にあらわれた神の名前は、
八十禍津日神《やそまがつひのかみ》と大禍津日神《おおまがつひのかみ》です。
この二柱《ふたはしら》の神は、死の世界の穢れによって生まれた神です。
つぎに、この禍《わざわい》を、直そうとしてあらわれた神の名前は、
神直毘神《かんなおびのかみ》、大直毘神《おおなおびのかみ》、そして、伊豆能売神《いずのめのかみ》です。
つぎに、水底までくぐって身を浄められた時にあらわれた神の名前は、
底津綿津見神《そこつわたつみのかみ》と底筒之男命《そこづつのおのみこと》です。
つぎに、水の中ほどにくぐって身を浄められた時にあらわれた神の名前は、
中津綿津見神《なかつわたつみのかみ》と中筒之男命《なかづつのおのみこと》です。
つぎに、水の表面で身を浄められた時にあらわれた神の名前は、
上津綿津見神《うわつわたつみのかみ》と上筒之男命《うわづつのおのみこと》です。
この三柱《みはしら》の綿津見の神は、安曇《あずみ》の連《むらじ》らが祀る海の神々、
宇都志日金析命《うつしひがなさくのみこと》の子孫です。
底筒之男命、中筒之男命、上筒之男命の三柱の神は、墨江《すみのえ》に祀られる神です。

みはしらのうづのみこ

ここに　ひだりのみめを　あらひたまひし　ときに
なりませる　かみのみなは　あまてらすおほみかみ
つぎに　みぎりのみめを　あらひたまひし　ときに
なりませる　かみのみなは　つくよみのみこと
つぎに　みはなを　あらひたまひし　ときに
なりませる　かみのみなは　たけはやすさのをのみこと
みぎのくだり　やそまがつひのかみより　はやすさのをのみことまで
とをまりよはしらの　かみは　みみを　そそぎたまふによりて　あれませる　かみなり

その時、さまざまな神が誕生しましたが、身をすすいださいごに、
左の御目《みめ》から生まれた神の名前は、天照大御神《あまてらすおおみかみ》。
右の御目から生まれた神の名前は、月読命《つくよみのみこと》、
そして、御鼻《みはな》から生まれた神の名前は、建速須佐之男命《たけはやすさのおのみこと》です。
八十禍津日神《やそまがつひのかみ》から速須佐之男命までの十四柱《とおあまりよはしら》の神は、
禊祓《みそぎはら》いをされた時に生まれた神さまです。

このとき　いざなきのみこと　いたく　よろこばして　のりたまはく
あれは　みこ　うみうみて　うみのはてに
みはしらの　うづのみこ　えたり　とのりたまひて
すなはち　その　みくびたまの　たまの　をも
ゆらに　とりゆらかして
あまてらすおほみかみに　たまひて　のりたまはく
なが　みことは　たかあまはらを　しらせ　とことよさして　たまひき
かれ　その　みくびたまの　なを　みくらたなのかみと　まをす
つぎに　つくよみのみことに　のりたまはく
なが　みことは　よるの　をすくにを　しらせ　とことよさし　たまひき
つぎに　たけはやすさのをのみことに　のりたまはく
なが　みことは　うなはらを　しらせ　とことよさし　たまひき

伊耶那岐命《いざなきのみこと》は、たいそう喜びました。

「わたしは、これまでたくさんの子を生み、そして、生みの終《はて》に、
三柱《みはしら》の貴《うず》の御子《みこ》、なによりも尊い力をそなわった三人の御子を授かった」

そして、天照大御神《あまてらすおおみかみ》には、高天原《たかあまはら》を、
月読命《つくよみのみこと》には、夜の食国《おすくに》を、
須佐之男命《すさのおのみこと》には、海原《うなはら》を、
それぞれの国として、治めるようにと仰せになりました。

その時、伊耶那岐命は、
ゆらゆらと、取りゆらかして響き合う、
美しい玉の首飾りをはずされ、
天照大御神にお授けになりました。
これは、稲の御霊が宿る御倉板挙之神《みくらたなのかみ》といいます。

かれ　おのもおのも　よさしたまへる　みことの　まにまに　しろしめす　なかに
はやすさのをのみこと　よさしたまへる　くにを　しらさずて
やつかひげ　むなさきに　いたるまで　なきいさちき
その　なきたまふ　さまは　あをやまを　からやま　なす　なきからし
うみかはは　ことごとに　なきほしき
ここをもて　あらぶるかみの　おとなひ　さばへなす　みな　わき
よろづのものの　わざはひ　ことごとに　おこりき
かれ　いざなきのおほみかみ　はやすさのをのみことに　のりたまはく
なにとかも　みましは　ことよさせる　くにを　しらさずて　なきいさちる
とのりたまへば　まをし　たまはく　あは　ははのくに　ねのかたすくにに
まからむと　おもふが　ゆゑに　なく　とまをし　たまひき
ここに　いざなきのおほみかみ　いたく　いからして
しからば　みまし　このくにには　な　すみそ　とのりたまひて
すなはち　かむやらひに　やらひ　たまひき
かれ　その　いざなきのおほみかみは　あふみの　たがになも　まします

こうして　それぞれ、ゆだねられた世界を治めていたのですが、速須佐之男命《すさのおのみこと》だけは、父神の命ずることにしたがわず、治めるどころか、あごひげが胸もとに伸びる頃になっても泣きわめき、そのありさまは、青山が枯山《からやま》になるほど、海や河の水まで干上がってしまうほどでした。

そのために、悪しき神々の声が、うるさい蠅のように沸きひろがり、あらゆる災いが、ことごとく起こりだしました。

伊耶那岐命《いざなきのみこと》は、須佐之男命に、

「何のために、そなたは治めるべき国を治めず、泣きわめいているのだ」

と仰せになると、須佐之男命は、

「わたしは、母のいる根之堅洲国《ねのかたすくに》に行きたくて泣いているのです」

とお答えになりました。

「それならば、そなたはこの国には、住んではならない」

とたいへんなお怒りで、

須佐之男命を神の国から、追いはらわれてしまいました。

父神である伊耶那岐命は、今、近江の多賀にご鎮座されています。

うけひ

かれ　ここに　はやすさのをのみことの　まをし　たまはく
しからば　あまてらすおほみかみに　まをして　まかりなむ　とまをし　たまひて
すなはち　あめに　まゐのぼります　ときに
やまかは　ことごとに　とよみ　くにつち　みな　ゆりき
ここに　あまてらすおほみかみ　きき　おどろかして
あが　なせのみことの　のぼりきます　ゆゑは　かならず　うるはしき　こころならじ
あがくにを　うばはむと　おもほすにこそ　とのりたまひて　すなはち　みかみをとき
みみづらに　まかして　ひだりみぎりの　みみづらにも　みかづらにも
ひだりみぎりの　みてにも　みな　やさかのまがたまの　いほつの　みすまるのたまを
まきもたして　そびらには　ちのりの　ゆぎを　おひ　いほのりの　ゆぎを　つけ
また　いつの　たかともを　とりおばして　ゆはら　ふりたてて　かたにはは
むかももに　ふみなづみ　あわゆき　なす　くゑはららかして
いつの　をたけび　ふみたけびて　まちとひ　たまはく
など　のぼりきませる　ととひたまひき

速須佐之男命《すさのおのみこと》は、
「そうか、天照大御神《あまてらすおおみかみ》に、ここから追いはらわれることを申し上げねば」
と、まず姉神に、いとま乞いに伺うことを思い立ちました。
そして、高天原《たかあまはら》に昇っていきます時に、
とどろきわたるような音をたてて、山や川、大地が揺れ動きましたので、
それをお聞きになった天照大御神は、驚きあわてました。
「弟が昇ってくるのには、何かわけがあってのこと、善い心からではないでしょう。
この高天原を奪うつもりなのでは」と仰せになり、
ただちに髪を解き放ち、みづらに結いあげると、髪にも、髪飾りにも、腕にも、
八尺勾玉《やさかのまがたま》の五百津《いおつ》の美須麻流《みすまる》の珠を巻き付けて、戦う準備をはじめました。
背にも胸にも、千本、五百本の弓が入る筒、腕に弓の道具をつけて、
弓を振りたて、固い土を淡雪のようにけちらしながら、
雄たけびをあげ、
「何のために、ここまで昇ってきたのですか」
とお尋ねになりました。

ここに　はやすさのをのみことの　まをし　たまはく
あは　きたなき　こころなし　ただ　おほみかみの　みこと　もちて
あが　なきいさちることを　とひたまひし　ゆゑに　まをしつらく
あは　ははのくにに　まからむと　おもひて　なく　とまをししかば
おほみかみ　みましは　このくににには　な　すみそ　とのりたまひて
かむやらひ　やらひたまふ　ゆゑに　まかりなむ　とするさまを
まをさむと　おもひてこそ　まゐのぼりつれ　けしきこころ　なし　とまをしたまへば
あまてらすおほみかみ　しからば　みましの　こころの　あかきことは
いかにして　しらまし　とのりたまひき
ここに　はやすさのをのみこと　おのもおのも　うけひて　みこうまな　とまをしたまふ
かれ　ここに　おのもおのも　あめのやすのかはを　なかに　おきて　うけふときに
あまてらすおほみかみ　まづ　たけはやすさのをのみことの　みはかせる
とつかつるぎを　こひわたして　みきだに　うちをりて　ぬなとも　もゆらに
あめのまなゐに　ふりすすぎて　さがみにかみて　ふきうつる　いぶきの
さぎりに　なりませる　かみのみなは　たきりびめのみこと　またのみなは
おきつしまひめのみこと　とまをす　つぎに　いちきしまひめのみこと
またのみなは　さよりびめのみこと　とまをす　つぎに　たきつひめのみこと

そこで、須佐之男命《すさのおのみこと》は、

「わたしに、邪《よこしま》な心はありません。ただ、伊耶那岐命《いざなきのみこと》さまから、泣きわめいているわけをたずねられたので、母の国に行きたくて泣いていたのだと、申し上げたところ、この国には住むなと仰せになり、神の国から追いはらわれたのです。それで、姉上にことの次第を話しておこうと思い、参上したまで。邪な心はないのです」とお答えになりました。

天照大御神《あまてらすおおみかみ》が、

「それでは、そなたの清く明るき心をいかにして証明されましょう」

と仰せになると、須佐之男命は、

「それぞれ、誓約《うけい》をして子を生むことにいたしましょう」と提案されました。

そして、おふたりは天安河《あめのやすのかわ》をはさんで、誓約をすることになりました。

まず、天照大御神が、須佐之男命の剣《つるぎ》を三つに折り、勾玉を揺らしながら天《あめ》の真名井《まない》の清らかな水で浄め、口に入れ、がりがりと噛み砕かれ、フッと息を吹きだした息吹の中に生まれたのが、多紀理毘売命《たきりびめのみこと》、市寸嶋比売命《いちきしまひめのみこと》、多岐都比売命《たきつひめのみこと》です。

はやすさのをのみこと　あまてらすおほみかみの　ひだりの　みみづらに　まかせる
やさかの　まがたまの　いほつの　みすまるのたまを　こひわたして
ぬなとも　もゆらに　あめのまなゐに　ふりすすぎて
さがみにかみて　ふきうつる　いぶきの　さぎりに　なりませる　かみのみなは
まさかあかつかちはやひあめのおしほみみのみこと
また　みぎりの　みみずらに　まかせる　たまを　こひわたして
さがみにかみて　ふきうつる　いぶきの
さぎりに　なりませる　かみのみなは　あめのほひのみこと
また　みかづらに　まかせる　たまを　こひわたして
さがみにかみて　ふきうつる　いぶきの
さぎりに　なりませる　かみのみなは　あまつひこねのみこと
また　ひだりの　みてに　まかせる　たまを　こひわたして
さがみにかみて　ふきうつる　いぶきの
さぎりに　なりませる　かみのみなは　いくつひこねのみこと
また　みぎりの　みてに　まかせる　たまを　こひわたして
さがみにかみて　ふきうつる　いぶきの
さぎりに　なりませる　かみのみなは　くまぬくすびのみこと

そしてつぎに、須佐之男命《すさのおのみこと》が、
天照大御神《あまてらすおおみかみ》のみづらに巻いた勾玉《まがたま》を揺らしながら、
天《あめ》の真名井《まない》の清らかな水で浄め、口に入れ、がりがりと噛み砕かれ、
フッと息を吹きだした息吹の中に生まれたのが、正勝吾勝勝速日天之忍穂耳命《まさかあかつかちはやひあめのおしほみみみこと》。
また、右のみづらに巻いた勾玉を口に入れ、がりがりと噛み砕かれ、
フッと息を吹きだした息吹の中に生まれたのが、天之菩卑能命《あめのほひのみこと》。
また、みかづらに巻いた勾玉を口に入れ、がりがりと噛み砕かれ、
フッと息を吹きだした息吹の中に生まれたのが、天津日子根命《あまつひこねのみこと》。
また、左手に巻いた勾玉を口に入れ、がりがりと噛み砕かれ、
フッと息を吹きだした息吹の中に生まれたのが、活津日子根命《いくつひこねのみこと》。
また、右手に巻いた勾玉を口に入れ、がりがりと噛み砕かれ、
フッと息を吹きだした息吹の中に生まれたのが、熊野久須毘命《くまぬくすびのみこと》です。

ここに　あまてらすおほみかみ　はやすさのをのみことに　のりたまはく
このちに　あれませる　いつはしらの　ひこみこは
ものざね　あがものに　よりて　なりませり
かれ　おのづから　あが　みこなり
さきに　あれませる　みはしらの　ひめみこは
ものざね　みましのものに　よりて　なりませり
かれ　すなはち　みましの　みこなり
かく　のりわけ　たまひき
かれ　そのさきに　あれませる　かみ　たきりびめのみことは
むなかたの　おきつみやに　ます
つぎに　いちきしまひめのみことは　むなかたの　なかつみやに　ます
つぎに　たきつひめのみことは　むなかたの　へつみやに　ます
このみはしらの　かみは
むなかたの　きみらが　もちいつく　みまへの　おほかみなり

そこで天照大御神《あまてらすおおみかみ》は、速須佐之男命《すさのおのみこと》に、
「後《のち》に生まれた五柱《いつはしら》の男子《ひこみこ》は、わたくしの玉によって生まれましたので、
わたくしの子です。先に生まれた三柱《みはしら》の女子《ひめみこ》は、
あなたの剣《つるぎ》によって生まれましたので、あなたの子です」と、
はっきり宣言なさいました。

先に生まれた三柱の女神、
多紀理毘売命《たきりびめのみこと》は、宗像《むなかた》の奥津宮《おきつみや》に、
市寸島比売命《いちきしまひめのみこと》は、中津宮《なかつみや》に、
田寸津比売命《たきつひめのみこと》は、辺津宮《へつみや》に鎮座され、
海を守る三神として祀られています。

かれ　この　のちに　あれませる　いつはしらの　みこのなかに
あめのほひのみことの　みこ　たけひらとりのみこと
こは　いづものくにのみやつこ　むざしのくにのみやつこ
かみつうなかみのくにのみやつこ　しもつうなかみのくにのみやつこ
いじむのくにのみやつこ　つしまのあがたのあたへ
とほつあふみのくにのみやつこらの　おやなり
つぎに　あまつひこねのみことは　おふしかふちのくにのみやつこ
ぬかたべのゆゑのむらじ　うばらきのくにのみやつこ　やまとのたなかのあたへ
やましろのくにのみやつこ　うまくだのくにのみやつこ
みちのしりのきへのくにのみやつこ　すはうのくにのみやつこ
やまとのあむちのみやつこ　たけちのあがたぬし　かまふのいなき
さきくさべのみやつこらの　おやなり

後から生まれた五柱《いつはしら》の男神《おがみ》の中で、
天菩比命《あめのほひのみこと》の御子《みこ》は、建比良鳥命《たけひらとりのみこと》。
これは、出雲の国の造《みやつこ》、武蔵の国の造、上菟上《かみつうなかみ》の国の造、下菟上《しもつうなかみ》の国の造、
伊自牟《いじむ》の国の造、津島の県《あがた》の直《あたい》、遠江《とおとうみ》の国の造らの祖先です。
つぎに、天津日根命《あまつひこねのみこと》は、凡川内《おおしこうち》の国の造、額田部《ぬかたべ》の湯坐《ゆえ》の連《むらじ》、
茨木《うばらき》の国の造、倭《やまと》の田中の直《あたい》、山代《やましろ》の国の造、馬来田《うまくだ》の国の造、
道尻《みちのしり》の岐閉《きへ》の国の造、周芳《すほう》の国の造、倭の淹知《あむち》の造、
高市《たけち》の県主《あがたぬし》、蒲生《がもう》の稲寸《いなき》、三枝部《さきくさべ》の造らの祖先です。

ここに　はやすさのをのみこと
あまてらすおほみかみに　まをし　たまはく
あがこころ　あかきゆゑに　あがうめりし　みこ　たわやめを　えつ
これによりて　まをさば　おのづから　あれ　かちぬ　といひて　かちさびに
あまてらすおほみかみの　みつくだの　あ　はなち　みぞ　うめ
また　その　おほにへ　きこしめす　とのに　くそ　まりちらしき
かれ　しかすれども　あまてらすおほみかみは　とがめずて　のりたまはく
くそなすは　ゑひて　はきちらすとこそ
あが　なせのみこと　かく　しつらめ　また　たの　あ　はなち　みぞ　うむるは
ところを　あたらしとこそ　あが　なせのみこと　かく　しつらめと
のりなほし　たまへども　なほ　そのあしき　わざ　やまずて　うたて　あり
あまてらすおほみかみ　いみはたやに　ましまして
かむみそ　おらしめ　たまふときに
そのはたやの　むねを　うがちて
あめのふちこまを　さかはぎに　はぎて
おとしいるる　ときに　あめのみそおりめ　みおどろきて
ひに　ほとを　つきて　みうせにき

須佐之男命《すさのおのみこと》は、天照大御神《あまてらすおおみかみ》に向かって、

「わたしの心が清く明るいために、たおやかな女神がうまれたのだ。これで、わたしの勝ちだ」と騒ぎたて、
姉神の田の畔《あぜ》をこわし、溝《みぞ》を埋め、新穀の神事を行う神殿に屎《くそ》をまき散らし、大暴れのかぎりをつくしました。

それでも、天照大御神は、とがめることもなく、

「まきちらした屎は、酔って吐いたものでしょうし、田んぼの畔をこわし、溝を埋めたりしたのは、あたらしく畑の土地にしようと、弟にも考えがあってのことでしょう」というお言葉で、ことをおさめようとなさいました。

それでも、須佐之男命の傍若無人ぶりは収まらず、ますますひどくなりました。

そしてとうとう、天照大御神の、神聖な機織りの御殿の屋根から、逆剥《さかは》ぎに皮を剥いだ天斑馬《あめのふちこま》を、投げ入れてしまいました。

神のための着物を織っていた天衣織女《あめのみそおりめ》は驚いて、機織り道具の梭《ひ》で陰上《ほと》をついて、死んでしまいました。

あまのいはと

かれ　ここに　あまてらすおほみかみ　みかしこみて
あめのいはやとを　たてて　さしこもり　ましましき
すなはち　たかあまはら　みな　くらく
あしはらのなかつくに　ことごとに　くらし
これによりて　とこよ　ゆく
ここに　よろづのかみの　おとなひは　さばへなす　みな　わき
よろづの　わざはひ　ことごとに　おこりき

須佐之男命《すさのおのみこと》のひどい行いを嘆き悲しまれた、天照大御神《あまてらすおおみかみ》は、天《あめ》の岩屋《いわや》に入り、閉じこもってしまわれました。

天照大御神がこもられてしまうと、高天原はすべてが暗くなり、葦原《あしはら》の中国《なかつくに》はことごとく闇となってしまいました。

そうして、暗い夜がずっと続きました。

万《よろず》の神々の声は五月蝿《さばえ》のように、止むことなく騒がしく飛び交い、万のわざわいがことごとく起こり出しました。

ここをもて　やほよろづのかみ
あめのやすのかはらに　かむつどひ　つどひて
たかみむすひのかみのみこ　おもひかねのかみに　おもはしめて
とこよの　ながなきどりを　つどへて　なかしめて
あめのやすのかはの　かはらの　あめのかたしはを　とり
あめのかなやまの　かねを　とりて　かぬち　あまつまうらを　まぎて
いしこりどめのみことに　おほせて　かがみを　つくらしめ
たまのやのみことに　おほせて
やさかのまがたまの　いほつの　みすまるのたまを　つくらしめて
あめのこやねのみこと　ふとたまのみことを　よびて
あめのかぐやまの　まをしかの　かたを　うつぬきに　ぬきて
あめのかぐやまの　あめのははかを　とりて　うらへ　まかなはしめて

そこで、八百万《やおよろず》の神々は、天安河《あめのやすのかわ》の河原《かわら》に集まり、
高産巣日神《たかみむすひのかみ》の御子である思金神《おもいかねのかみ》に、
どうしたらよいかを考えていただきました。
まず、常世《とこよ》の長鳴鳥《ながなきどり》に、朝を告げる鳴き声をあげさせ、
天安河の固い石である固石《かたしわ》を取り、天の金山《かなやま》の鉄を取り、
天津麻羅《あまつまら》という鉄をあつかう鍛冶を呼び寄せ、
伊斯許理度売命《いしこりどめのみこと》に、鏡を作るようお命じになりました。
次に、玉祖命《たまのやのみこと》に、
霊力の備わる八尺《やさか》の勾玉《まがたま》の五百津《いおつ》の美須麻流《みすまる》の玉を作らせました。
次に、天児屋命《あめのこやねのみこと》と布刀玉命《ふとたまのみこと》をお召しになり、
天香山《あめのかぐやま》の男鹿の肩の骨、天香山《あめのかぐやま》の波波迦《ははか》という桜の木の皮をとり、
占いを執り行いました。

あめのかぐやまの　いほつまさかきを　ねこじにこじて
ほつえに　やさかのまがたまの　いほつのみすまるのたまを　とりつけ
なかつえに　やたのかがみを　とりかけ
しづえに　しらにきて　あをにきてを　とりしでて
このくさぐさのものは　ふとたまのみこと　ふとみてぐらと　とりもたして
あめのこやねのみこと　ふとのりとごと　ねぎまをして
あめのたぢからをのかみ　みとのわきに　かくりたたして
あめのうずめのみこと　あめのかぐやまの　あめのひかげを　たすきに　かけて
あめのまさきを　かづらとして
あめのかぐやまの　ささばを　たぐさに　ゆひて
あめのいはやとに　うけふせて　ふみとどろこし
かむがかりして　むなちを　かきいで
もひもを　ほとに　おしたれき
かれ　たかあまはら　ゆすりて　やほよろづのかみ　ともに　わらひき

天香山《あめのかぐやま》の大きな榊、五百津真賢木《いおつまさかき》を根こそぎにこじとり、
上枝《ほつえ》には、八尺勾玉《やさかのまがたま》の五百津《いおつ》の美須麻流《みすまる》の玉をとりつけ、
中枝《なかつえ》には、八尺鏡《やたのかがみ》をとりかけ、
下枝《しずえ》には、楮《こうぞ》で織った白い布である白和幣《しらにきて》、
麻で織った青い布である青和幣《あおにきて》を、取り垂らされました。

これらのかずかずのものを太御幣《ふとみてぐら》として、
布刀玉命《ふとたまのみこと》が捧げ持ち、天児屋命《あめのこやねのみこと》が、言祝《ことほ》ぎの祝詞《のりと》を朗々と詠み唱えると、
天手力男神《あめのたぢからおのかみ》は、岩戸《いわと》の陰に身をひそめ、天宇受売命《あめのうずめのみこと》が、
天香山の枯れても長くのびる日影蔓《ひかげかずら》をたすきにかけて、まさきの蔓を髪に飾り、
天香山の小竹葉《ささば》を束ねて持ち、天《あま》の岩戸の前に、桶《おけ》を伏せて、その上にのりました。
そして、足音を鳴らし、踏みとどろかしながら、しだいに我を忘れ、
神《かむ》がかりになった天宇受売命は、胸ははだけ、乳房《ちぶさ》もあらわになり、
腰の裳《も》緒《ひも》がほどけ垂れるのもかまわずに、一心不乱に踊り続けたのです。
八百万《やおよろず》の神々たちは、大笑いをしながら喝采をおくり、
高天原《たかあまはら》が揺れるほどの大騒ぎになりました。

ここに　あまてらすおほみかみ　あやし　とおもほして
あめのいはやとを　ほそめに　ひらきて　うちより　のりたまへるは
あが　こもりますによりて　あまのはら　おのづから　くらく
あしはらのなかつくにも　みな　くらけむ　とおもふを
などて　あめのうずめは　あそびし　また　やほよろづのかみ
もろもろ　わらふぞ　とのりたまひき
すなはち　あめのうずめ　ながみことに　まさりて
たふとき　かみ　いますが　ゆゑに　えらぎあそぶ　とまをしき
かくまをす　あひだに　あめのこやねのみこと　ふとたまのみこと
かのかがみを　さしいでて　あまてらすおほみかみに　みせまつるときに
あまてらすおほみかみ　いよよ　あやし　とおもほして
ややとより　いでて　のぞみますときに　かのかくりたてる　あめのたぢからをのかみ
そのみてを　とりて　ひきいだし　まつりき
すなはち　ふとたまのみこと　しりくめなはを　そのみしりへに　ひきわたして
ここより　うちに　な　かへいりましそ　とまをしき
かれ　あまてらすおほみかみ　いでませるときに
たかあまはらも　あしはらのなかつくにも　おのづから　てりあかりき

天《あま》の岩戸《いわと》の中の天照大御神《あまてらすおおみかみ》は、不思議に思われ、
思わず、ほんのわずかに戸をあけ、すきまから声をかけられました。
「わたくしがここに、籠っているために天《あま》の原はおのずから暗く、
葦原中国《あしはらのなかつくに》のすみずみまで闇におおわれていると思っておりましたが、
なにゆえ、天宇受売《あめのうずめ》は舞い遊び、また八百万《やおよろず》の神々もろとも笑っておるのか」
そこで、天宇受売命はお答えになりました。
「あなたさまより、もっと尊い神さまがお出ましになっておいでです。
それゆえの喜びに、舞い遊んでいるのでございます」
このように申し上げているあいだに、
天児屋命《あめのこやねのみこと》、布刀玉命《ふとたまのみこと》が鏡をさし出し、天照大御神にお見せになり、
その鏡の中のご自分のお顔に、天照大御神は、
いよいよ不思議に思われて、少し身を乗り出したところを、
隠れておいでの天手力男命《あめのたぢからおのみこと》が、その御手《みて》をお取りになり、外に引き出されました。
すかさず布刀玉命は尻久米縄《しりくめなわ》を、天照大御神の御後方《みしりえ》に引き渡して、
「これより内側には、もう決して、お戻りになりませんように」と申されました。
こうして、天照大御神がお出ましになられ、
高天原《たかあまはら》も葦原中国も、おのずから照り輝き、明るい世界になりました。

おほげつひめ

ここに　やほよろづのかみ　ともに　はかりて
はやすさのをのみことに　ちくらおきどを　おほせ
また　ひげを　きり　てあしの　つめをも　ぬかしめて　かむやらひやらひき
また　をしものを　おほげつひめのかみに　こひたまひき
ここに　おほげつひめ　はな　くち　また　しりより
くさぐさの　ためつものを　とりいでて
くさぐさ　つくり　そなへて　たてまつるときに　はやすさのをのみこと
そのしわざを　たちうかがひて　きたなきもの　たてまつると　おもほして
すなはち　そのおほげつひめのかみを　ころし　たまひき
かれ　ころさえたまへる　かみのみに　なれるものは
かしらに　かひこ　なり　ふたつのめに　いなだね　なり
ふたつのみみに　あは　なり　はなに　あづき　なり
ほとに　むぎ　なり　しりに　まめ　なりき
かれ　ここに　かみむすひのみおやのみこと
これを　とらしめて　たねと　なしたまひき

八百万《やおよろず》の神々は、みなで集まり、話し合いをなさいました。
須佐之男命《すさのおのみこと》に多くの贖《あがな》いものを差し出させ、
また、髭を切り、手足の爪をも抜き浄められ、
高天原《たかあまはら》から追い払われることになりました。
この時、須佐之男命が食べ物を求めた大宜津比売神《おおげつひめのかみ》が、
ご自分の口や鼻、尻からもいろいろな食料を取り出され、
様々なごちそうを作られたのですが、
須佐之男命は、汚いものを差し出されたとお怒りになり、
たちまちに殺してしまわれました。
殺された女神の体には、頭には蚕《かいこ》、二つの目には稲種《いなだね》が生り、
二つの耳には粟、鼻に小豆が生り、陰《ほと》には麦、尻には大豆が生りました。
そこで、神産巣日御祖命《かみむすひのみおやのみこと》は、これらを集めて、
人々の食べものの五穀の種となさいました。

やまたをろち

かれ　やらはえて　いづものくにの　ひのかはかみなる
とりかみの　ところに　くだりましき
この　をりしも　はし　そのかはより　ながれくだりき
ここに　すさのをのみこと
その　かはかみに　ひと　ありけりと　おもほして
まぎのぼり　いでましかば
おきなと　おみなと　ふたり　ありて　をとめを　なかに　するゑて　なくなり
いましたちは　たれぞと　とひたまへば
その　おきな　あは　くにつかみ　おほやまつみのかみの　こなり
あがなは　あしなづち　めがなは　てなづち
むすめがなは　くしなだひめと　まをす　とまをす
また　いましの　なくゆゑは　なにぞ　ととひたまへば
あがむすめは　もとより　やをとめ　ありき
ここに　こしの　やまたをろちなも　としごとに　きて　くふなる
いま　それ　きぬべきとき　なるがゆゑに　なく　とまをす

高天原《たかあまはら》を追い出された須佐之男命《すさのおのみこと》は、
出雲の国の肥《ひ》の河《かわ》の川上、鳥髪《とりかみ》というところに、降り立ち、
川の中に、箸《はし》が流れてくるのを見つけました。
箸が流れてくるとは、川上に人が住んでいるに違いないと思い、
川をたどって、のぼっていきますと、
老夫《おきな》と老女《おみな》が、愛らしいおとめを中において、泣いておりました。
「あなた方はどなたか」須佐之男命が、お尋ねになると、
「わたしは国《くに》つ神《かみ》である大山津見神《おおやまつみのかみ》の子、足名椎《あしなづち》、
妻は手名椎《てなづち》、娘の名は櫛名田比売《くしなだひめ》と申します」
「なぜ、泣いておるのか」須佐之男命がお聞きになると、
足名椎は、ことの次第を語りはじめました。
「わたし達には、八人の娘がおりました。ある時、越《こし》の国から、八俣遠呂智《やまたのおろち》がやってきて、
娘をひとりずつ、食べてしまったのでございます。
残されたのは櫛名田比売だけですが、
今年もまた、その時期がきたので泣いていたのでございます。」

そのかたちは　いかさまにかと　とひたまへば
それがめは　あかかがちなして　み　ひとつに　かしら　やつ　を　やつあり
また　そのみに　こけ　また　ひすぎ　おひ
その　ながさ　たにやたに　を　やをを　わたりて　その　はらを　みれば
ことごとに　いつも　ち　あえ　ただれたり　とまをす
ここに　あかかがちといへるは　いまの　ほほづきなり

「その八俣遠呂智《やまたのおろち》とは、どのような姿か」
須佐之男命《すさのおのみこと》がお尋ねになると、足名椎《あしなづち》は、
「まなこは、あかかがちのように真っ赤に燃えております。
体はひとつでありながら、八つの頭と八つの尻尾《しっぽ》を持っております。
背中には、苔や杉、檜《ひのき》が生い茂り、
その長さは、八つの谷、八つの尾根にまたがるほどで、
そうして、焼けただれたような腹からは、
絶えず、血が滴《したた》っているのでございます」と、お答えになりました。
あかかがちというのは、ほおづきのことです。

かれ　はやすさのをのみこと　その　おきなに
これ　いましの　むすめならば　あれに　たてまつらむや
とのりたまふに　かしこけれど　みなを　しらず　とまをせば
あは　あまてらすおほみかみの　いろせ　なり
かれ　いま　あめより　くだりましつ　とこたへ　たまいき
ここに　あしなづち　てなづちのかみ
しかまさば　かしこし　たてまつらむ　とまをしき
かれ　はやすさのをのみこと　すなはち　そのをとめを　ゆつつまぐしに　とりなして
みみづらに　さしして　その　あしなづち　てなづちのかみに　のりたまはく
いましたち　やしほをりの　さけを　かみ　また　かきを　つくり　もとほし
その　かきに　やつのかどを　つくり　かどごとに　やつのさずきを　ゆひ
その　さずきごとに　さかぶねを　おきて　ふねごとに
その　やしほをりの　さけを　もりて　まちてよ　とのりたまひき
かれ　のりたまへる　ままにして　かく　まけそなへて　まつときに
かの　やまたをろち　まことに　いひしがごと　きつ
すなはち　ふねごとに　おのもおのも　かしらを　たれて　そのさけを　のみき
ここに　のみゑひて　みな　ふし　ねたり

速須佐之男命《すさのおのみこと》は、足名椎《あしなづち》にむかって、
「その娘を妻としていただきたい」と申し出ますと、
「恐れながら、あなたさまのお名前も存じておりませんが」とお答えになりましたので、
「わたしは、天照大御神《あまてらすおおみかみ》の弟神、今、天から降《くだ》ってきたところです」と仰せになりました。
足名椎は、「恐れ多くもよろこんで、おまかせしたいと存じます」と申しました。
須佐之男命は、櫛名田比売《くしなだひめ》を、
奇しき力を持つ湯津爪櫛《ゆつつまぐし》にかえ、ご自分の髪にさすと、
足名椎、手名椎《てなづち》にお申しつけになりました。
「何度も醸《かも》した強い酒、八塩折《やしおお》りの酒を作って下さい。
そして、屋敷のまわりに垣根をめぐらせてください、
その垣根に八つの門をもうけ、八つの門には八つの桟敷《さじき》を結い、
桟敷の上には、なみなみと酒を満たした酒船《さかぶね》をおいて、
遠呂智《おろち》があらわれるのを待つのです」
足名椎は、言われた通りに用意をし、待ちました。
夜も更けると、八俣遠呂智《やまたのおろち》が姿をあらわしました。
そして、八つの酒船にとりつくと、酒を飲み、酔いつぶれて眠り込んでしまいました。

すなはち　はやすさのをのみこと
その　みはかせる　とつかつるぎを　ぬきて
その　をろちを　きりはふり　たまひしかば
ひのかは　ちになりて　ながれき
かれ　その　なかの　をを　きりたまふとき　みはかしの　は　かけき
あやしと　おもほして　みはかしの　さき　もちて
さしさきて　みそなはししかば　つむがりの　たち　あり
かれ　この　たちを　とらして　あやしきものぞと　おもほして
あまてらすおほみかみに　まをしあげ　たまひき
こは　くさなぎの　たちなり
かれ　ここをもて　その　はやすさのをのみこと
みや　つくるべき　ところを　いづものくにに　まぎたまひき
ここに　すがのところに　いたりまして　のりたまはく
あれ　ここに　きまして　あがみこころ　すがすがし　とのりたまひて
そこになも　みや　つくりて　ましましける
かれ　そこをば　いまに　すが　とぞ　いふ

須佐之男命《すさのおのみこと》は、腰につけていた十拳剣《とつかつるぎ》を抜き、
遠呂智《おろち》を切り刻んでしまいました。
流れ出した血によって、肥《ひ》の河《かわ》がまっ赤に染まりました。
真ん中の尻尾《しっぽ》を、お切りになった時です。
刀の刃がかけましたので、怪しく思われた須佐之男命が、
刀の先で尾を切り裂き、よく見てみますと、そこには都牟刈《つむがり》の太刀《たち》がありました。
不思議に思った須佐之男命は、
のちに、その太刀を、天照大御神《あまてらすおおみかみ》に献上されました。
これが、草薙《くさなぎ》の剣《つるぎ》と呼ばれるものです。
こうして、須佐之男命は、櫛名田比売《くしなだひめ》と暮らすお宮の場所を、
出雲の国で探し求められました。
「ここはなんと清々しい、我が心もまた、なんと清々しいことか」
とおっしゃられ、そこに、お宮を作って住まうことになさいました。
そこが須賀というところです。

このおほかみ　はじめ　すがのみや　つくらししときに　そこより　くも　たちのぼりき
かれ　みうた　よみし　たまふ
そのみうたは

やくもたつ　いづもやへがき　つまごみに　やへがきつくる　そのやへがきを

ここに　かの　あしなづちを　めして　いましは　わがみやの　おびとたれ　とのりたまひ
また　なを　いなだのみやぬしすがのやつみみのかみ　とおほせ　たまひき

須賀宮《すがのみや》をおつくりになられた時に、幾重にも、雲が立ちのぼりましたので、須佐之男命《すさのおのみこと》は、櫛名田比売《くしなだひめ》と暮らす幸せを歌にして詠まれました。

重なり合った出雲の雲のような八重垣《やえがき》よ、
大切な妻とのこれからを守ってくれる八重垣のような雲よ。

そこに、足名椎《あしなづち》を召して、「首長《おびと》として、この宮を任せる」と、稲田宮主須賀之八耳神《いなだのみやぬしすがのやつみみのかみ》という名を、お与えになりました。

おほくにぬしのかみのみな

かれ　その　くしなだひめをもて　くみどに　おこして
うみませる　かみのみなを　やしまじぬみのかみ　といふ
また　おほやまつみのかみの　みむすめ　なは　かむおほいちひめに　みあひて
みこ　おほとしのかみ　つぎに　うかのみたまのかみを　うみたまひき
みあに　やしまじぬみのかみ　おほやまつみのかみの　みむすめ　なは
このはなちるひめに　みあひて　うみませる　みこ　ふはのもぢくぬすぬのかみ
このかみ　おかみのかみの　むすめ　なは　ひかはひめに　みあひて
うみませる　みこ　ふかふちのみずやれはなのかみ
このかみ　あめのつどへちねのかみに　みあひて　うみませる　みこ　おみづぬのかみ
このかみ　ふぬづぬのかみの　むすめ　なは　ふてみみのかみに　みあひて
うみませる　みこ　あめのふゆきぬのかみ　このかみ　さしくにおほのかみの　むすめ
なは　さしくにわかひめに　みあひて　うみませる　みこ　おほくにぬしのかみ
またのみなは　おほなむちのかみと　まをし　またのみなは　あしはらしこをのかみと　まをし
またのみなは　やちほこのかみと　まをし　またのみなは　うつしくにたまのかみと　まをす
あはせて　みな　いつつ　あり

須佐之男命《すさのおのみこと》と、櫛名田比売《くしなだひめ》とのあいだに生まれたのは、八嶋士奴美神《やしまじぬみのかみ》、
また、大山津見神《おおやまつみのかみ》の娘、神大市比売《かむおおいちひめ》とのあいだに生まれたのは、
大年神《おおとしのかみ》と、宇迦之御魂神《うかのみたまのかみ》。八嶋士奴美神と大山津見神の娘、
木花知流比売《このはなちるひめ》とのあいだに生まれたのは、布波能母遅久奴須奴神《ふわのもじくぬすぬのかみ》。
この神と淤迦美神《おかみのかみ》の娘、日河比売《ひかわひめ》とのあいだに生まれたのは、
深淵之水夜礼花神《ふかふちのみずやれはなのかみ》。この神と天之都度閇知泥神《あめのつどへちねのかみ》とのあいだに生まれたのは、
淤美豆奴神《おみずぬのかみ》。この神と布怒豆怒神《ふぬずぬのかみ》の娘、布帝耳神《ふてみみのかみ》とのあいだに生まれたのは、
天之冬衣神《あめのふゆきぬのかみ》。この神と刺国大神《さしくにおおかみ》の娘、
刺国若比売《さしくにわかひめ》との間に生まれたのが、大国主神《おおくにぬしのかみ》です。またのお名前として、
大穴牟遅神《おおなむちのかみ》、葦原色許男神《あしはらしこおのかみ》、八千矛神《やちほこのかみ》、宇都志国玉神《うつしくにたまのかみ》と、
合わせて五つのお名前を持っておられました。

いなばのしろうさぎ

かれ　この　おほくにぬしのかみの　みあにおと　やそかみ　ましき
しかれども　みな　くには　おほくにぬしのかみに　さり　まつりき
さりまつりし　ゆゑは　その　やそかみ　おのもおのも
いなばの　やかみひめを　よばはむの　こころ　ありて
ともに　いなばに　ゆきける　ときに
おほなむちのかみに　ふくろを　おほせ　ともびととして　ゐて　ゆきき
ここに　けたのさきに　いたりける　ときに　あかはだなる　うさぎ　ふせり
やそかみ　そのうさぎに　いひけらく
いまし　せむは　この　うしほを　あみ　かぜの　ふくに　あたりて
たかやまの　をのへに　ふしてよ　といふ
かれ　そのうさぎ――やそかみの　をしふる　ままにして　ふしき
ここに　その　しほの　かわく　まにまに　その　みのかは　ことごとに
かぜに　ふきさかえしからに　いたみて　なきふせれば
いやはてに　きませる　おほなむちのかみ　その　うさぎを　みて
なぞも　いまし　なきふせる　ととひたまふに

さて、この大国主神《おおくにぬしのかみ》には、
八十神《やそかみ》と言われるほど、多くの兄弟がおられました。
兄弟たちはみな、国を大国主神に譲ることになるのですが、
ことの次第は、このようなものです。
兄弟神たちはそれぞれ、因幡《いなば》の八上比売《やかみひめ》を、わが妻にしたいと思い、
兄弟そろって因幡にでかける時に、のちの大国主神である大穴牟遅神《おおなむちのかみ》に、
大きな袋を背負《しょ》わせ、お付きの者として向かわせました。
気多《けた》の岬に至り着いた時のことです。皮をむかれて裸になった兎が倒れておりました。
兄弟神たちに、
「そんな時には、海の水を浴びて、風に吹かれながら、高い山に寝ていれば治るぞ」
と言われた兎は、教えられた通りにしておりました。
ところが、海水が乾くにつれて、皮をむかれた兎の体は、さらにひどくなり、
泣き伏していたのです。
最後にやってきた大穴牟遅神は、その兎をご覧になると、
「どうして、そのように泣き伏しているのだ」とお尋ねになりました。

うさぎ　まをさく
あれ　おきのしまに　ありて　この　くにに　わたらまく　ほりつれども
わたらむ　よし　なかりしゆゑに　うみの　わにを　あざむきて　いひけらく
あれと　いましと　ともがらの　おほき　すくなきを　くらべてむ
かれ　いましは　その　ともがらの　ありのことごと　ゐてきて
この　しまより　けたのさきまで　みな　なみふしわたれ
あれ　そのうへを　ふみて　はしりつつ　よみわたらむ
ここに　あがともがらと　いづれ　おほきと　いふことを　しらむ
かく　いひしかば　あざむかえて　なみふせりし　ときに
あれ　その　うへを　ふみて　よみわたりきて　いま　つちに　おりむ　とするときに
あれ　いましは　われに　あざむかえつ　といひをはれば
すなはち　いやはしに　ふせる　わに　あを　とらへて
ことごとに　あが　きものを　はぎき
これによりて　なきうれひしかば
さきだちて　いでませる　やそかみの　みこと　もちて
うしほを　あみて　かぜに　あたり　ふせれ　とをしへ　たまひき
かれ　をしへのごと　せしかば　あがみ　ことごとに　そこなはえつ　とまをす

「わたしは隠岐《おき》の島におり、ここまで、渡って来たいと考えていました。
そこで、鰐鮫をだまそうと、
『わたしたち兎とあなたたち鮫の数、どちらが多いか比べてみないか。
一族をみな集めて、この島から気多の岬まで並んでくれれば、
わたしが、その上を踏んで走りながら、数えます。
そうすれば、どちらの一族が多いかわかりますよ』
そう言って、並んでいる鰐鮫の上を踏んで、数えながら渡り、
ちょうど、岬に移ろうとした時に、思わず、
『あなたたちは、わたしにだまされたのですよ』
と口走ってしまい、
最後に並んでいた鰐鮫につかまって、このように皮をはがされてしまいました」
それで、泣き伏していると、
先にやってきた八十神《やそかみ》たちが、
『海の水を浴びて、風にあたっておれ』と言うので、
その通りにしておりましたら、このように傷だらけになってしまいました」

ここに　おほなむちのかみ　その　うさぎに　をしへ　たまはく
いまとく　この　みなとに　ゆきて
みづ　もて　ながみを　あらひて
すなはち　その　みなとの　かまのはなを　とりて　しきちらして
その　うへに　こいまろびてば
ながみ　もとのはだの　ごと　かならず　いえなむものぞ　とをしへ　たまひき
かれ　をしへのごと　せしかば　その　み　もとのごとくに　なりき
これ　いなばのしろうさぎと　いふものなり
いまに　うさぎがみとなも　いふ
かれ　その　うさぎ　おほなむちのかみに　まをさく
この　やそかみは　かならず　やかみひめを　え　たまはじ
ふくろを　おひたまへれども
なが　みことぞ　え　たまはむ　とまをしき

そこで、大穴牟遅神《おおなむちのかみ》は、兎に、

「川が海に流れ出る河口に行き、清らかな真水《まみず》でからだを洗い、塩をよく落とすのです。

そして、川べりに生えている蒲《がま》の花をとり、敷き散らして、その上に寝転んでおれば、すぐに傷は治ります」

とおっしゃいました。

教えられたとおりにしますと、兎は、きれいなもとの姿に戻りました。

これが、因幡《いなば》の白兎であり、今は、兎神《うさぎがみ》と言われています。

兎は大穴牟遅神に、

「あなたさまの兄弟、八十神たちは、決して、八上比売《やかみひめ》さまとは結婚できません。ひとの荷物を背負わされたあなたさまこそ、八上比売さまを妻になさいます」

と予言されました。

かひのめがみ

ここに　やかみひめ　やそかみに　こたへけらく
あは　みましたちの　ことは　きかじ　おほなむちのかみに　あはな　といふ
かれ　ここに　やそかみ　いかりて　おほなむちのかみを　ころさむと　あひたばかりて
ははきのくにの　てまのやまもとに　いたりて　いひけるは
このやまに　あかゐ　あるなり　かれ　われども　おひくだりなば　いまし　まちとれ
もし　まちとらずは　かならず　いましを　ころさむ　といひて
ゐに　にたる　おほいしを　ひ　もて　やきて　まろばし　おとしき
かれ　おひくだり　とるときに　その　いしに　やきつかえて　みうせ　たまひき
ここに　その　みおやのみこと　なきうれひて
あめに　まゐのぼりて　かみむすひのみことに　まをし　たまふときに
すなはち　きさがひひめと　うむぎひめとを　おこせて　つくり　いかさしめ　たまふ
かれ　きさがひひめ　きさげこがして
うむぎひめ　みづを　もちて　おものちしると　ぬりしかば
うるはしき　をとこに　なりて　いで　あるきき

八上比売《やかみひめ》が、八十神《やそかみ》たちの求婚にこたえて、
「わたしは、あなた方の言葉は聞きません。大穴牟遅神《おおなむちのかみ》と結婚します」
とおっしゃいましたので、八十神たちは、たいそう怒り、
大穴牟遅神を殺そうと図り事をめぐらせました。
伯岐《ほうき》の国の手間山《てまやま》の麓にさしかかった時に、
「この山には赤猪《あかいのしし》がいる。われらがみなで、追いおろすので、
おまえは、下で待っていて打ちとるのだ。
もし、とらえそこねたら、その時は、おまえを殺す」と命じました。
そして、猪に似た大きな石を真っ赤に焼き、転がして、下に突き落としたのです。
大穴牟遅神は、転がってきた、その石を受け止め、焼かれて死んでしまいました。
これを知った母神は、たいそう嘆き悲しまれ、
高天原《たかあまはら》の神産巣日命《かみむすひのみこと》にお願いをして、
赤貝の女神の𧏛貝比売《きさがいひめ》と蛤《はまぐり》の女神の蛤貝比売《うむぎひめ》を、
生き返らせるために遣わすことになりました。
𧏛貝比売の貝の殻の焼け焦がした粉と、
蛤貝比売の貝のつゆを母親の乳汁《ちち》のようにまぜて塗ったところ、
たちまち、麗しい壮夫《おとこ》となって、出歩くようになりました。

ここに　やそかみ　みて　また　あざむきて　やまに　ゐて　いりて
おほぎを　きりふせ　やを　はめて　その　きに　うちたて
その　なかに　いらしめて
すなはち　その　ひめやを　うちはなちて　うちころしき
かれ　また　その　みおやのみこと　なきつつ　まげば
みえて　すなはち　そのきを　さきて　とりいで　いかして
その　みこに　のりたまはく
いまし　ここに　あらば　つひに　やそかみに　ほろぼさえなむ
とのりたまひて　すなはち　きのくにの
おほやびこのかみの　みもとに　いそがし　やり　たまひき
かれ　やそかみ　まぎおひ　いたりて　や　さすときに
きのまたより　くきのがれて　さり　たまひき
みおやのみこと　みこに　のりたまはく
すさのをのみことの　まします　ねのかたすくにに　まゐでてよ
かならず　その　おほかみ　たばかり　たまひなむ　とのりたまふ

これを見た八十神《やそかみ》たちは、またもだまそうと山に行き、
大木《たいぼく》を切り倒し、くさびを打ち込み、
大穴牟遅神《おおなむちのかみ》を誘い込み、
打ち込んでおいた矢を放って、殺してしまいました。
そしてまた、母神がみつけて、木の裂け目からからだを引き出し、
蘇生なさって、
「ここにいては、いつかきっと、八十神たちに滅ぼされてしまいます」
と仰せになって、木の国の大屋毘古神《おおやびこのかみ》のもとへ急いで向かわせました。
それでも、八十神たちは、あきらめず、
矢をつがえて追いかけてきました。
大屋毘古神は、
「須佐之男命《すさのおのみこと》さまのおられる根堅州国《ねのかたすくに》へ逃げなさい。
かならずや、なんとかしてくださるに違いありません」と助言されました。

すせりひめ

かれ　みことの　まにまに　すさのをのみことの　みもとに　まゐたりしかば
その　みむすめ　すせりひめ　いでみて　まぐはひして　みあひまして　かへりいりて
その　みちちに　いと　うるはしき　かみ　まゐきましつ　とまをし　たまひき
かれ　その　おほかみ　いでみて
こは　あしはらのしこをと　いふかみぞ　とのりたまひて
やがて　よびいれて　その　へみのむろやに　ねしめ　たまひき
ここに　その　みめ　すせりひめのみこと
へみのひれを　その　ひこぢに　さづけて　のりたまはく
その　へみ　くはむとせば　この　ひれを　みたび　ふりて
うちはらひ　たまへ　とのりたまふ
かれ　をしへのごと　したまひしかば
へみ　おのづから　しづまりし　ゆゑに　やすく　ねて　いで　たまひき
また　くるひの　よは　むかでと　はちとの　むろやに　いれ　たまひしを
また　むかで　はちのひれを　さづけて
さきのごと　をしへ　たまひし　ゆゑに　やすく　いで　たまひき

言われたままに、根堅州国《ねのかたすくに》に行きますと、須佐之男命《すさのおのみこと》の娘、須勢理毘売《すせりひめ》が出てきて、一目見るなりお互いに魅かれ合い結ばれました。

一緒に屋敷に戻り、父神に、

「なんとも、麗しい男神がいらっしゃいました」とご報告なさいました。

須佐之男命は、出てごらんになり、

「これは、わが子孫、葦原色許男《あしはらしこお》という神だ」と仰せになると、呼び入れて、蛇の室屋《むろや》に寝させようとなさいました。

そこで、妻となった須勢理毘売は、呪力のある蛇の比礼《ひれ》を、夫に手渡しおっしゃいました。

「蛇に、かみつかれそうになりました時には、この比礼を三度振り、追いはらいますように」

教えられたとおりに比礼を振ると、蛇はすぐに静かになりましたので、大穴牟遅神《おおなむちのかみ》は、ぐっすりと眠り、朝起きて、室屋から出てくることができました。

次の日には、大百足《おおむかで》と蜂の室屋に入れられましたが、同じように、須勢理毘売から手渡された、呪力のある百足《むかで》と蜂の比礼のおかげで、ぐっすりと眠り、朝、出てくることができました。

また　なりかぶらを　おほぬのなかに　いいれて　そのやを　とらしめ　たまふ
かれ　そのぬに　いりますときに　すなはち　ひ　もて　そのぬを　やきめぐらしつ
ここに　いでむ　ところを　しらざる　あひだに　ねずみ　きて　いひけるは
うちは　ほらほら　とは　すぶすぶ　かくいふ　ゆゑに
そこを　ふみしかば　おちいり　かくりし　あひだに　ひは　やけ　すぎぬ
ここに　その　ねずみ　かの　なりかぶらを　くひもち　いできて　たてまつりき
その　やの　はは　その　ねずみの　こども　みな　くひたりき
ここに　その　みめ　すせりひめは　はぶりつものを　もちて　なきつつ　きまし
その　ちちの　おほかみは　すでに　みうせぬと　おもほして
その　ぬに　いでたたせば　すなはち　かの　やを　もちて　たてまつる　ときに
いへに　ゐていりて　やたまの　おほむろやに　よびいれて
その　みかしらの　しらみを　とらせ　たまひき
かれ　その　みかしらを　みれば　むかで　おほかり
ここに　そのみめ　むくの　きのみと　はにとを　その　ひこぢに　さづけたまへば
その　このみを　くひやぶり　はにを　ふふみて
つばき　いだし　たまへば　その　おほかみ　むかでを　くひやぶりて
つばき　いだすと　おもほして　みこころに　はしく　おもほして　みね　ましき

またある時、広い野原で須佐之男命《すさのおのみこと》が放った鏑矢《かぶらや》を探すように命じられた大穴牟遅神《おおなむちのかみ》ですが、探しに入るや火をつけられ、焼けひろがった野原で、逃げ出る場所を見つけられずにいると、鼠がやってきて、「うちは　ほらほら　そとは　すぶすぶ」というのです。

それを聴いて、ためしに地面を踏みしめてみると、そこは、ほら穴になっていて、中に落ちているあいだに、燃えていた火の勢いが過ぎていきました。

そのうえ、鼠は、探していた鏑矢まで捧げ持ってやってきました。

ただ、矢羽根はみな、子鼠たちに食いちぎられていました。

いっぽう、妻の須勢理比売《すせりひめ》は、弔いの道具を持って泣きながら立ち尽くしていました。

父の大神も、もうすでに、亡くなっているものとばかり思い、
野原においでになると、大穴牟遅神が、鏑矢を掲げてやってまいりましたので、
こんどこそはと、「八田間《やたま》の大室屋《おおむろや》」に呼び入れました。

そして「このわたしの頭にわいた、しらみをとれ」と命じました。

須佐之男命の頭を見てみますと、たくさんの百足《むかで》がうごめいています。

すぐに、須勢理比売は、椋《むく》の木の実と赤土《あかつち》をとってきて、夫に渡しました。

大穴牟遅神は、その木の実を噛んで、赤土と一緒に吐きだしましたので、
大神は、百足を噛んで捨てていると思い、愛しい奴よと、思いながら寝入ってしまいました。

ここに　その　おほかみの　みかみを　とりて
その　むろやの　たりきごとに　ゆひ　つけて
いほびきいはを　その　むろの　とに　とりさへて
その　みめ　すせりひめを　おひて
その　おほかみの　いくたち　いくゆみや
また　その　あめののりことを　とりもたして　にげいでます　ときに
その　あめののりこと　きに　ふれて　つち　とどろきき
かれ　その　みねませる　おほかみ　きき　おどろかして
その　むろやを　ひきたふし　たまひき
しかれども　たりきに　ゆへる　みかみを　とかす　あひだに
とほく　にげ　たまひき

そこで　大神の髪を、室屋《むろや》の垂木《たるき》に結《ゆ》わえつけ、
巨大な五百引岩《いおびきいわ》で、室屋の戸をふさいで動かないようにすると、
妻である須勢理比売《すせりひめ》を背負い、
大神、須佐之男命《すさのおのみこと》の生太刀《いくたち》、生弓矢《いくゆみや》、天詔琴《あめののりこと》を持って、
大穴牟遅神《おおなむちのかみ》は、逃げ出してしまいました。
あわてていたせいで、天詔琴が樹にふれて、
地響きのようなすさまじい音をたててしまいました。
眠っていた大神も、驚いてお目覚めになり、
その拍子に、室屋を引き倒してしまうほどです。
しかし、須佐之男命が、
垂木に結わえ付けられた髪の毛を、ほどくあいだに、
おふたりは、遠くまで逃げのびることができました。

かれ　ここに　よもつひらさかまで　おひ　いでまして
はろばろに　みさけて　おほなむちのかみを　よばひて　のりたまはく
その　いましが　もたる　いくたち　いくゆみやを　もちて
いましが　あにおとどもをば　さかの　みをに　おひふせ
かはのせに　おひはらひて　おれ　おほくにぬしのかみと　なり
また　うつしくにたまのかみと　なりて
その　あがむすめ　すせりひめを　むかひめと　して
うかのやまの　やまもとに　そこついはねに　みやばしら　ふとしり
たかあまはらに　ひぎたかしりて　をれ　こやつよ　とのりたまひき
かれ　その　たち　ゆみを　もちて　かの　やそかみを　おひさくる　ときに
さかの　みをごとに　おひふせ　かはの　せごとに　おひはらひて
くにつくり　はじめ　たまひき
かれ　かの　やかみひめは　さきの　ちぎりの　ごと　みとあたはしつ
かれ　その　やかみひめは　ゐてきまし　つれども
かの　むかひめ　すせりひめを　かしこみて　その　うみませる　みこ　をば
きのまたに　さしはさみて　かへり　ましき　かれ　その　みこの　みなを
きのまたのかみ　とまをす　またの　みなは　みゐのかみとも　まをす

須佐之男命《すさのおのみこと》は、黄泉比良坂《よもつひらさか》まで追いかけてくると、
遠くに見える大穴牟遅神《おおなむちのかみ》に向かって、
「おまえの持っていった生大刀《いくたち》、生弓矢《いくゆみや》を持って、
兄弟神たちを、山のふもとや河の瀬まで追いやってしまえ。
そして、大国主神《おおくにぬしのかみ》となり、宇都志国玉神《うつしくにたまのかみ》となって、
わが娘、須勢理比売《すせりひめ》を正妻にして、宇迦の山のふもとに、
地の底まで届くほど深く宮柱を打ち立て、天空高く、高天原《たかあまはら》に届くほどに、
神聖な千木《ちぎ》をかかげた宮殿をたてて住まうのだ、
いいか。わが息子よ」と仰せになりました。
こうして、大穴牟遅神は、言われたとおりに、
生太刀、生弓矢をもって、八十神《やそかみ》たちを追いはらい、
国づくりをはじめました。
ところで、八十神たちをしりぞけた因幡《いなば》の八上比売《やかみひめ》ですが、
約束通り、大穴牟遅神と結婚し、出雲に来たのですが、
正妻である須勢理比売を畏れ、
生まれた御子を、木の俣に差しはさんで帰ってしまいました。
その御子の名前は木俣神《きまたのかみ》、またの名前は御井神《みいのかみ》といいます。

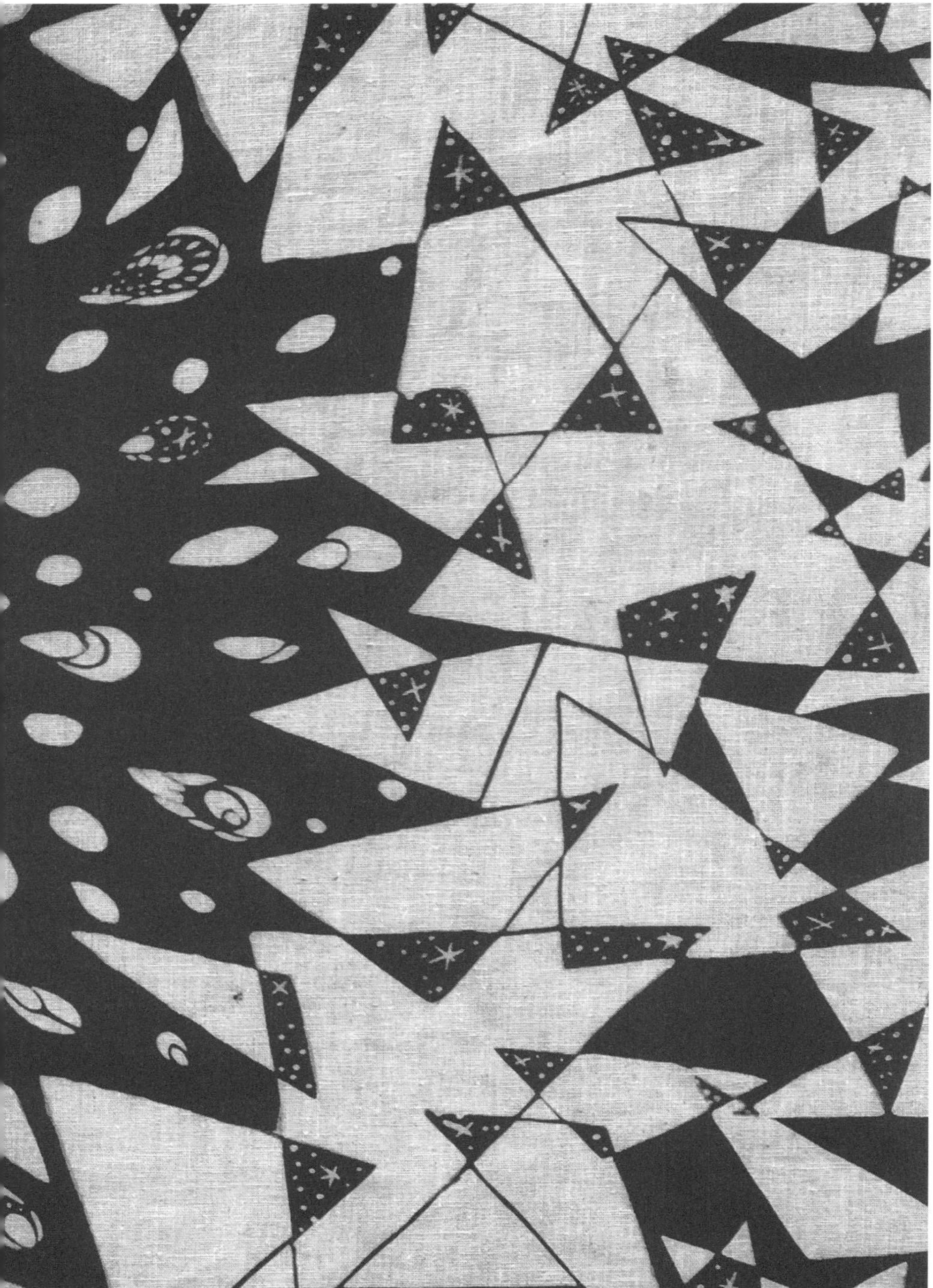

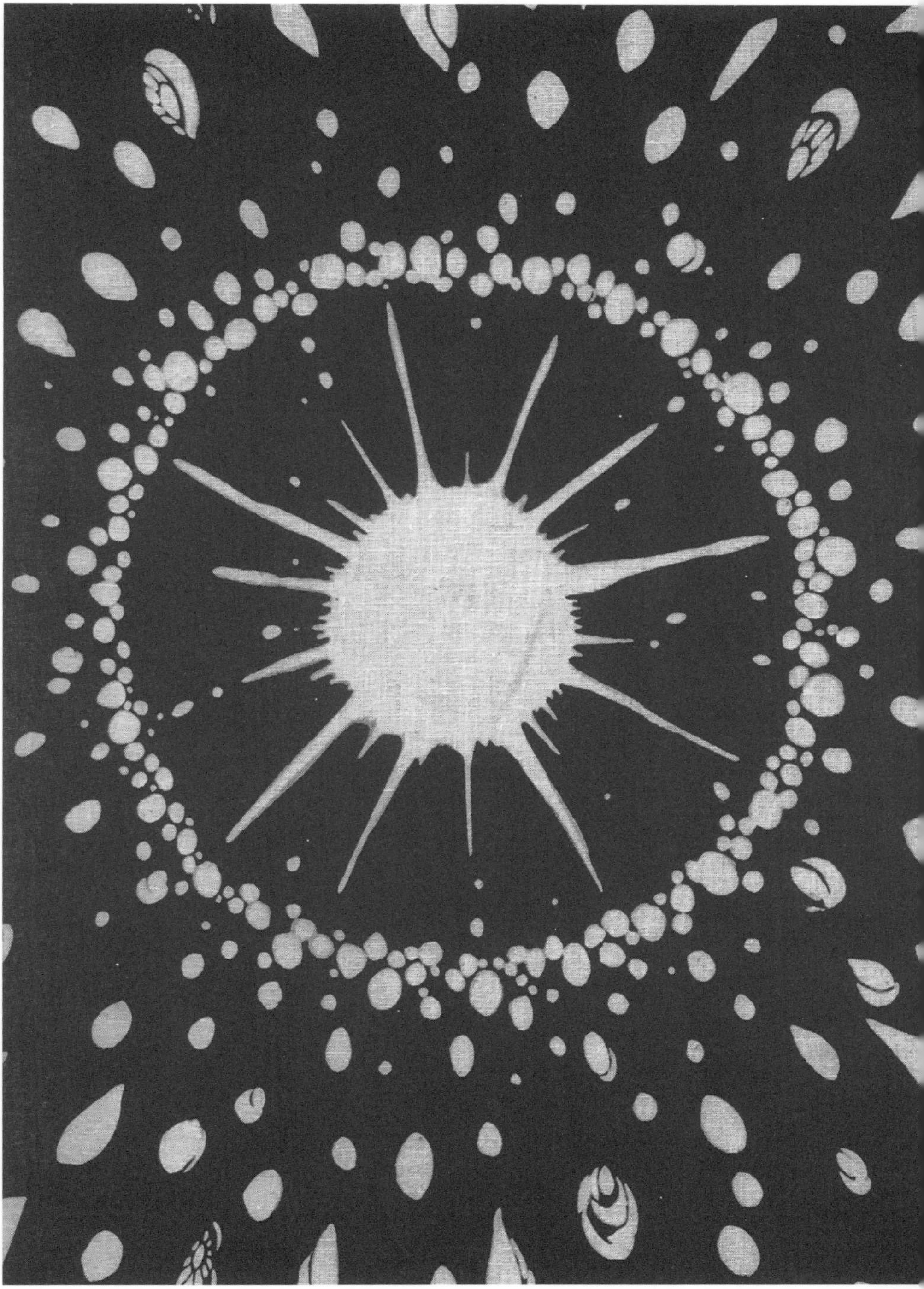

やちほこのかみのつまどひ

この　やちほこのかみ
こしのくにの　ぬなかはひめを　よばひに　いでましし　とき
その　ぬなかはひめの　いへに　いたりて
うたひ　たまはく

やちほこの　かみのみことは
やしまくに　つままぎかねて
とほとほし　こしのくにに
さかしめを　ありときかして
くはしめを　ありときこして
さよばひに　ありたたし
よばひに　ありかよはせ
たちがをも　いまだとかずて
おすひをも　いまだとかねば
をとめの　なすやいたとを

おそぶらひ　わがたたせれば
ひこづらひ　わがたたせれば
あをやまに　ぬえはなき
さぬつとり　きぎしはとよむ
にはつとり　かけはなく
うれたくも　なくなるとりか
このとりも　うちやめこせね
いしたふや　あまはせづかひ
ことの　かたりごとも　こをば

大国主神《おおくにぬしのかみ》が、八千矛神《やちほこのかみ》というお名前の時のこと、
越《こし》の国の沼河比売《ぬなかわひめ》を妻にしたいと思い、お出かけになり、
家に着くと妻問いの歌を歌われました。

八千矛の神の命《みこと》であるわたしは、
国中、妻を探しまわっているのです。
遠い遠い越の国に、
賢い娘がいると聞き、
うるわしい娘がいると聞き、
幾たびも幾たびも、
妻問いに通います。
太刀の緒もとかずに、
上衣もぬがずに、
乙女の眠る姿を思いながら、
その戸を叩き、
引いたりしながら立ち尽くしています。
青山の鵺《ぬえ》が鳴き、

野原の雉《きじ》や鶏の鳴き声も、響き渡ります。
せめて心憂う鳴き声をやめてほしい。
どうぞ、天駆《あまか》ける鳥にたくした語りごとを、お聞きください。

ここに　その　ぬなかはひめ
いまだ　とを　ひらかずて　うちより　うたひ　たまはく

やちほこの　かみのみこと
ぬえくさの　めにしあれば
わがこころ　うらすのとりぞ
いまこそは　ちどりにあらめ
のちは　などりにあらむを
いのちは　なしせたまひそ
いしたふや　あまはせづかひ
ことの　かたりごとも　こをば
あをやまに　ひがかくらば
ぬばたまの　よはいでなむ
あさひの　ゑみさかえきて
たくづぬの　しろきただむき

あわゆきの　わかやるむねを
そだたき　たたきまながり
またまで　たまでさしまき
ももながに　いはなさむを
あやに　なこひきこし
やちほこの　かみのみこと
ことの　かたりごとを　こをば

かれ　その　よは　あはさずて　くるひの　よ　みあひし　たまひき

沼河比売《ぬなかわひめ》は、その歌を聴き、戸を開けずに歌を返されました。

八千矛《やちほこ》の神の命よ、
わたしは萎《な》え草のような、なよなよとした女ですから、
心は波間をとぶ千鳥のよう。
今はまだ、このままの鳥でしょうが、
のちにはきっと、あなたの鳥になりましょうから、
鳥の命を殺さないでくださいませ。
天駆《あまか》ける鳥に託した語りごとを、お聞きください。
青山に日が隠れたら、
漆黒の夜においでください。
朝日のように笑みを湛えて、
楮綱《たくづな》のような白いわたしの腕を、
淡雪のような初々しいわたしの胸を、
そっと叩いて、愛しみ、
玉のような美しい手を差し交して枕にして、
股《もも》をゆるりとのばして、

お休みになればよ[illegible]うに。
むやみに恋焦がれなさいませんように。
八千矛の神の命よ、
どうか、この語りごとをお聞きください。

歌を交わされた日は結ばれず、次の日の夜に、おふたりは結ばれました。

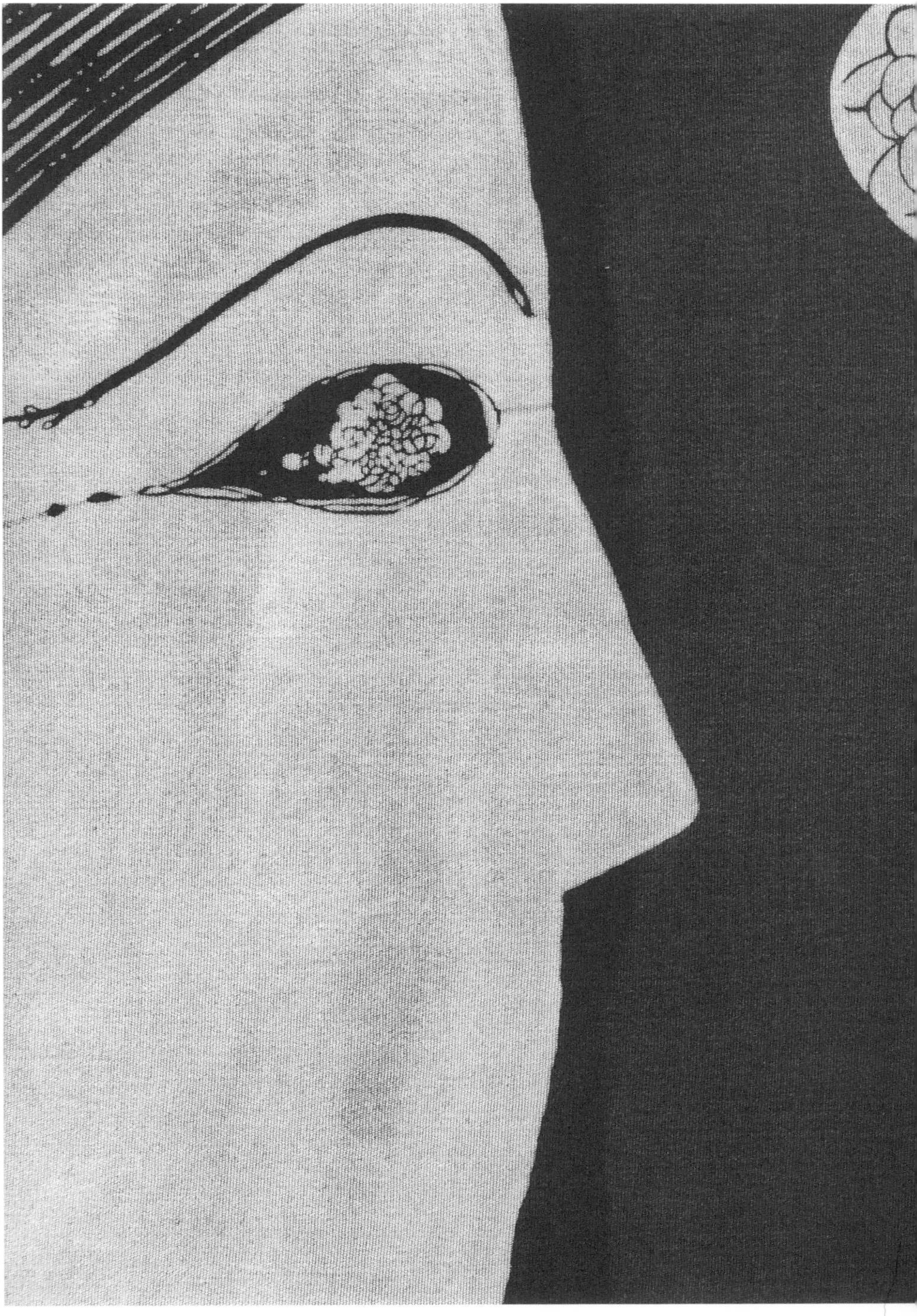

また　その　かみの　おほきさき　すせりひめのみこと
いたく　うはなり　ねたみし　たまひき
かれ　その　ひこぢのかみ　わびて
いづもより　やまとの　くにに　のぼりまさむ　として
よそひし　たたすときに
かたみては　みまの　くらに　かけ
かたみあし　その　みあぶみに　ふみいれて　うたひ　たまはく

ぬばたまの　くろきみけしを
まつぶさに　とりよそひ
おきつとり　むなみるとき
はたたぎも　これはふさはず
へつなみ　そにぬぎうて
そにどりの　あをきみけしを
まつぶさに　とりよそひ
おきつとり　むなみるとき
はたたぎも　こもふさはず

へつなみ　そにぬぎうて
やまがたに　まぎし　あたねつき
そめきがしるに　しめころもを
まつぶさに　とりよそひ
おきつとり　むなみるとき
はたたぎも　こしよろし
いとこやの　いものみこと
むらとりの　わがむれいなば
ひけとりの　わがひけいなば
なかじとは　なはいふとも
やまとの　ひともとすすき
うなかぶし　ながなかさまく
あさあめの　さぎりに　たたむぞ
わかくさの　つまのみこと
ことの　かたりごとも　こをば

ところで、正妻である須勢理比売《すせりひめ》は、たいそう嫉妬深い方でした。
困りはてた八千矛神《やちほこのかみ》が、出雲から大和の国に上《のぼ》ろうと、
衣を整え、出発する時に、片手を馬の鞍《くら》にかけ、片足を鐙《あぶみ》に入れて、歌われました。

黒い衣を丁寧に装って、
鴨のように首をかしげて胸もとを見ても、
袖をはためかせても、これは似合いません。
浜辺の波のように脱ぎ捨て、
かわせみのような青い衣を丁寧に装い、
同じように見ても、
やはり似合わず、
脱ぎ捨てます。
山の畑に蒔いた茜をついてつくった、
染汁で染めた衣は、
胸もとを見ても、
袖を振っても、これならよく似合います。
愛しい妻よ、

群れ鳥のように、いっせいに供を引き連れ、
わたしが飛び去ってしまえば、
けっして泣かないというあなたでも、
山路に立つ一本のすすきのように、
うなだれ泣く姿は、
朝降る雨に立つ霧のように、寂しげでありましょう。
若草のような妻よ。
わたしの語りごとをお聞きください。

ここに　その　きさき　おほみさかづきを　とらして
たちより　ささげて　うたひ　たまはく

やちほこの　かみのみことや
あが　おほくに　ぬしこそは　をにいませば
うちみる　しまのさきざき
かきみる　いそのさきおちず
わかくさの　つまもたせらめ
あはもよ　めにしあれば
なをきて　をはなし
なをきて　つまはなし
あやかきの　ふはやがしたに
むしぶすま　にこやがしたに
たくぶすま　さやぐがしたに
あわゆきの　わかやるむねを
たくづぬの　しろきただむき
そだたき　たたきまながり

またまで　たまでさしまき
ももながに　いをしなせ
とよみき　たてまつらせ

かく　うたひて　すなはち　うきゆひして
うながけりて　いまに　いたるまで　しづまります
これを　かむこと　といふ

それに答えて、須勢理比売《すせりひめ》は、
夫の傍らに寄りって、酒杯《さかずき》を捧げて歌いました。

八千矛《やちほこ》の神の命よ　わが大国主《おおくにぬし》よ、
あなたは男らしくていらっしゃるから、
島のさきざき、
磯のさきざき、どこにいらしても、
若草のような妻をお持ちになることができましょう。
わたしは女ですから、
あなたの他に男はおらず、
あなたの他に夫はありません。
綾織のふわりとした帳《とばり》の下に、
絹の柔らかな夜具の下に、
楮《こうぞ》のさらりとした夜具の下に、
淡雪のような初々しいわたしの胸を、
栲綱《たくづな》のような白いわたしの腕を、
そっと叩いて、愛しみ、

玉のような美しい手を差し交して枕にして、
股《もも》をゆるりとのばして、お眠りくださいませ。
どうぞ、このお酒をお召し上がりくださいませ。

このように歌って、酒杯《さかずき》を交わして、
心変わりのないことを誓われ、ふたりは仲睦まじくされました。
これらの歌のやりとりを「神語り《かみがた》」と言います。

おほくにぬしのかみのみすゑ

かれ　この　おほくにぬしのかみ　むなかたの　おきつみやにます　かみ
たきりびめのみことに　みあひて　うみませる　みこ　あぢしきたかひこねのかみ
つぎに　いもたかひめのみこと　またのみなは　したてるひめのみこと
この　あぢしきたかひこねのかみは　いま　かものおほみかみと　まをす　かみなり
おほくにぬしのかみ　また　かむやたてひめのみことに　みあひて
うみませる　みこ　ことしろぬしのかみ
また　やしまむぢのかみのむすめ　とりみみのかみに　みあひて　うみませる　みこ
とりなるみのかみ　このかみ　ひなてりぬかたびちをいこちにのかみに　みあひて
うみませる　みこ　くにおしとみのかみ
このかみ　あしなだかのかみ　またのなは　やかはえひめに　みあひて
うみませる　みこ　はやみかのたけさはやぢぬみのかみ

大国主神《おおくにぬしのかみ》と、宗像の奥津宮におられる多紀理毘売命《たきりびめのみこと》とのあいだに生まれたのは、阿遅鉏高日子根神《あじしきたかひこねのかみ》。つぎに妹高比売命《いもたかひめのみこと》。またの名前は下光比売命《したてるひめのみこと》。

この阿遅鉏高日子根神は、今は、迦毛大御神《かものおおみかみ》といいます。

大国主神と、神屋楯比売命《かむやたてひめのみこと》とのあいだに生まれたのは、事代主神《ことしろぬしのかみ》。

また八嶋牟遅能神《やしまむじのかみ》の娘、鳥耳神《とりみみのかみ》とのあいだに生まれたのは、鳥鳴海神《とりなるみのかみ》。

この神と日名照額田毘道男伊許知邇神《ひなてりぬかたびちおいこちにのかみ》とのあいだに生まれたのは、国忍富神《くにおしとみのかみ》。

この神と葦那陀迦神《あしなだかのかみ》、またの名は八河江比売《やかわえひめ》とのあいだに生まれたのは、速甕之多気佐波夜遅奴美神《はやみかのたけさわやじぬみのかみ》です。

このかみ　あめのみかぬしのかみの　むすめ　さきたまひめに　みあひて
うみませる　みこ　みかぬしひこのかみ
このかみ　おかみのかみの　むすめ　ひならしびめに　みあひて
うみませる　みこ　たひりきしまるみのかみ
このかみ　ひひらぎのそのはなまづみのかみの　むすめ
いくたまさきたまひめのかみに　みあひて　うみませる　みこ　みろなみのかみ
このかみ　しきやまぬしのかみの　むすめ　あをぬまぬおしひめに　みあひて
うみませる　みこ　ぬのしとみとりなるみのかみ
このかみ　わかひるめのかみに　みあひて　うみませる　みこ
あめのひばらおほしなどみのかみ
このかみ　あめのさぎりのかみの　むすめ　とほつまちねのかみに　みあひて
うみませる　みこ　とほつやまざきたらしのかみ
みぎのくだり　やしまじぬみのかみより　しも　とほつやまざきたらしのかみまで
とをまりななよの　かみと　いふ

この神と天之甕主神《あめのみかぬしのかみ》の娘、
前玉比売《さきたまひめ》とのあいだに生まれたのは甕主日子神《みかぬしひこのかみ》。
この神と、淤加美神《おかみのかみ》の娘、比那良志毘売《ひならしびめ》とのあいだに生まれたのは、
多比理岐志麻流美神《たひりきしまるみのかみ》。
この神と、比比羅木之其花麻豆美神《ひひらぎのそのはなまずみのかみ》の娘、
活玉前玉比売神《いくたまさきたまひめのかみ》とのあいだに生まれたのは、美呂浪神《みろなみのかみ》。
この神と、敷山主神《しきやまぬしのかみ》の娘、青沼馬沼押比売《あおぬまぬおしひめ》とのあいだに生まれたのは、
布忍富鳥鳴海神《ぬのしとみとりなるみのかみ》。
この神と若昼女神《わかひるめのかみ》とのあいだにうまれたのは、天日腹大科度美神《あめのひばらおおしなどみのかみ》。
この神と、天狭霧神《あめのさぎりのかみ》の娘、遠津待根神《とおつまちねのかみ》とのあいだに生まれたのは、
遠津山岬多良斯神《とおつやまざきたらしのかみ》。
八嶋士奴美神《やしまじぬみのかみ》より、遠津山岬多良斯神までを、十七代《とおあまりななよ》の神といいます。

すくなひこなのかみ

かれ　おほくにぬしのかみ　いづもの　みほのみさきに　ますときに
なみのほより　あめのかがみのふねに　のりて
ひむしのかはを　うつはぎに　はぎて　きものにして　よりくる　かみあり

大国主神《おおくにぬしのかみ》が、美保の岬にいらっしゃった時のことです。
はるか沖のほうから、ががいもの船に乗り、
蛾玉《まゆだま》を剥《は》いで作った衣を着た神が近づいてくるのが見えました。

かれ　そのなを　とはすれども　こたへず
また　みともの　かみたちに　とはすれども　みな　しらずと　まをしき
ここに　たにぐく　まをさく　こは　くえびこぞ　かならず　しりたらむ
とまをせば　すなはち　くえびこを　めして　とはすときに
こは　かみむすひのかみのみこ　すくなひこなのかみなり　とまをしき
かれ　ここに　かみむすひみおやのみことに　まをしあげしかば
こは　まことに　あが　みこなり
みこのなかに　あが　たなまたより　くきし　みこなり　かれ　みまし
あしはらしこをのみことと　あにおとと　なりて　その　くに　つくりかためよ
とのりたまひき　かれ　それより　おおなむちと　すくなひこなと
ふたはしらのかみ　あひならばして　この　くに　つくりかため　たまひき
さて　のちには　その　すくなひこなのかみは　とこよのくにに　わたりましき
かれ　その　すくなひこなのかみを　あらはしまをせりし　いはゆる　くえびこは
いまに　やまだのそほど　といふものなり　この　かみは　あしは　あるかねども
あめのしたのことを　ことごとに　しれる　かみになも　ありける

名前をお聞きになりましたが、お答えになりません。

お伴のものにたずねても、誰ひとり知っているものはありませんでした。

そこに、ひきがえるのたにぐくがあらわれ、

「久延毘古《くえびこ》なら、なにか知っているに違いありません」と言いました。

大国主神《おおくにぬしのかみ》は、久延毘古をお呼びになり尋ねますと、

「この神は、神産巣日神《かみむすひのかみ》さまの御子である少名毘古那神《すくなひこなのかみ》さまです」

と、お答えになりました。

そこで、神産巣日神に申し上げましたところ、

「それはまことにわたしの子だ。なんとも小さい姿ゆえ、
わたしの指のあいだからこぼれおちてしまいました。

あなたの兄弟と思い、力を合わせて、その国を作り固めなさい」と、お答えになりました。

大国主神と少名毘古那神は、
一緒にあるきまわり、心を合わせて国作りをなさいました。

そして、のちに少名毘古那神は、常世《とこよ》の国に渡って行きました。

少名毘古那神が、どなたなのかをお当てになった久延毘古は、
今は、「山田のそほど」、つまり、「案山子《かかし》」と呼ばれています。

この神は、歩くことはできませんが、天下《あめのした》のことはなんでもご存知の神です。

みもろやまのかみ

ここに　おほくにぬしのかみ　うれひまして
われ　ひとりして　いかでかも　この　くにを　え　つくらむ
いづれの　かみと　ともに　あは　この　くにを
あひ　つくらまし　とのりたまひき
このときに　うなはらを　てらして　よりくる　かみ　あり
その　かみの　のりたまはく
あが　みまへを　よく　をさめてば
あれ　ともどもに　あひつくり　なしてむ
もし　しからずは　くに　なりかてまし　とのりたまひき
かれ　おほくにぬしのかみ　まをしたまはく
しからば　をさめまつらむ　さまは　いかにぞ　とまをしたまへば
あれをばも　やまとの　あをかき　ひむかしの　やまのへに
いつきまつれ　とのりたまひき
こは　みもろのやまの　へに　ます　かみ　なり

少名毘古那神《すくなひこなのかみ》が、去ってしまい、
大国主神《おおくにぬしのかみ》が、
「わたしひとりで、どうしてこの国を作ることができようか」
と憂い嘆いている時に、
海原を照り輝かせながら、近づいてくる神がありました。
その神が仰せになるには、
「わたしをきちんと祀《まつ》ってくだされば、
かならずや、ともに、力を合わせて作ることができましょう。
そうでなければ、国を作り上げることはできません」
大国主神は、
「では、どのようにお祀りすればよいのでしょうか」
とお聞きになると、
「わたしを、大和《やまと》の、青垣のように連なる山々の、
東の山の上にお祀りしなさい」とお答えになりました。
これは、御諸山《みもろやま》の上に鎮座される三輪の神です。

おほとしのかみのみこたち

かれ　その　おほとしのかみ　かむいくすびのかみの　むすめ
いぬひめに　みあひて　うみませる　みこ　おほくにみたまのかみ
つぎに　からのかみ　つぎに　そほりのかみ
つぎに　むかひのかみ　つぎに　ひじりのかみ　いつはしら
また　かがよひめに　みあひて　うみませる　みこ　おほかがやまとおみのかみ
つぎに　みとしのかみ　ふたはしら
また　あめしるかるみづひめに　みあひて　うみませる　みこ　おきつひこのかみ
つぎに　おきつひめのみこと　またのなは　おほべひめのかみ
こは　もろひとの　もちいつく　かまのかみなり
つぎに　おほやまくひのかみ　またのなは　やますゑのおほぬしのかみ
このかみは　ちかつあふみのくにの　ひえのやまに　ます
また　かづぬの　まつのをに　ます　なりかぶらに　なりませる　かみなり

(須佐之男命《すさのおのみこと》と大山津見神《おおやまつみのかみ》の娘、神大市比売《かむおおいちひめ》とのあいだに生まれた)
大年神《おおとしのかみ》と、神活須毘神《かむいくすびのかみ》の娘、伊怒比売《いぬひめ》とのあいだに生まれたのは、
大国御魂神《おおくにみたまのかみ》、韓神《からのかみ》、曾富理神《そほりのかみ》、向日神《むかひのかみ》、聖神《ひじりのかみ》、五柱《いつはしら》です。
また香用比売《かがよひめ》とのあいだに生まれたのは大香山戸臣神《おおかがやまとおみのかみ》、御年神《みとしのかみ》、二柱《ふたはしら》です。
また天知迦流美豆比売《あめしるかるみずひめ》とのあいだに生まれたのは、奥津日子神《おきつひこのかみ》、奥津比売命《おきつひめのみこと》、
またの名は大戸比売神《おおべひめのかみ》で、この神は、人々から拝まれる竈《かまど》の神です。
つぎに大山咋神《おおやまくいのかみ》、またの名前は山末之大主神《やますえのおおぬしのかみ》、この神は近江の国の比叡山、
葛野《かずの》の松尾に、鎮座される鏑矢《かぶらや》の神です。

つぎに　にはつひのかみ　つぎに　あすはのかみ
つぎに　はひぎのかみ　つぎに　かがやまとおみのかみ
つぎに　はやまとのかみ　つぎに　にはたかつひのかみ
つぎに　おほつちのかみ　またのなは　つちのみおやのかみ　ここのはしら
かみのくだり　おほとしのかみの　みこ　おほくにみたまのかみより　しも
おほつちのかみまで　あはせて　とをまりむはしら
はやまとのかみ　おほげつひめのかみに　みあひて　うみませる　みこ
わかやまくひのかみ　つぎに　わかとしのかみ　つぎに　いもわかさなめのかみ
つぎに　みづまきのかみ　つぎに　なつたかつひのかみ　またのなは　なつのめのかみ
つぎに　あきびめのかみ　つぎに　くくとしのかみ
つぎに　くくきわかむろつなねのかみ
かみのくだり　はやまとのかみの　みこ　わかやまくひのかみより　しも
わかむろつなねのかみまで　あはせて　やはしら

つぎに庭津日神《にわつひのかみ》、つぎに阿須波神《あすはのかみ》、つぎに波比岐神《はひぎのかみ》、
つぎに香山戸臣の神《かがやまとおみ》、つぎに羽山戸神《はやまとのかみ》、つぎに庭高津日神《にわたかつひのかみ》、
つぎに大土神《おおつちのかみ》、またの名は土之御祖神《つちのみおやのかみ》。

大年神の御子神、大国御魂神《おおくにみたまのかみ》から大土神まで、あわせて十六柱《とおあまりむはしら》です。

そのうちの羽山戸神《はやまとのかみ》と、大気都比売神《おおげつひめかみ》とのあいだに生まれたのは、
若山咋神《わかやまくいのかみ》、若年神《わかとしのかみ》、妹若沙那売神《いもわかさなめのかみ》、弥豆麻岐神《みずまきのかみ》、
夏高津日神《なつたかつひのかみ》、またの名は夏之売神《なつのめのかみ》、秋毘売神《あきびめのかみ》、
久久年神《くくとしのかみ》、久久紀若室葛根神《くくきわかむろつなねのかみ》、
羽山戸神の御子神、若山咋神から、若室葛根神まで、あわせて八柱《やはしら》です。

あめのほひのかみ

あまてらすおほみかみの　みこと　もちて
とよあしはらの　ちあきの　ながいほあきの　みずほのくには
あがみこ　まさかあかつかちはやひあめのおしほみみのみことの
しらさむくにと　ことよさし　たまひて　あまくだし　たまひき
ここに　あめのおしほみみのみこと
あまのうきはしに　たたして　のりたまはく
とよあしはらの　ちあきの　ながいほあきの　みずほのくには
いたく　さやぎて　ありけり　とのりたまひて
さらに　かへり　のぼらして
あまてらすおほみかみに　まをしたまひき

天照大御神《あまてらすおおみかみ》は、

「この豊葦原《とよあしはら》の千秋《ちあき》の長五百秋《ながいほあき》の瑞穂の国は、

わが御子、正勝吾勝勝速日天忍穂耳命《まさかあかつかちはやひあめのおしほみみのみこと》が治める国である」

と宣言され、高天原《たかあまはら》よりお降《くだ》りになりました。

すると天忍穂耳命は、天浮橋《あまのうきはし》にお立ちになり、

「豊葦原《とよあしはら》の千秋《ちあき》の長五百秋《ながいほあき》の瑞穂の国は、たいそう騒がしいようだ」

と、高天原《たかあまはら》にお戻りになると、天照大御神に申し上げました。

かれ　たかみむすひのかみ
あまてらすおほみかみの　みこと　もちて
あめのやすのかはの　かはらに
やほよろづのかみを　かむつどへに　つどへて
おもひかねのかみに　おもはしめて　のりたまはく
この　あしはらのなかつくには
あがみこの　しらさむくにと　ことよさし　たまへる　くになり
かれ　このくにに　ちはやぶる　あらぶる　くにつかみどもの
さはなると　おもほすは
いづれの　かみを　つかはしてか　ことむけまし　とのりたまひき
ここに　おもひかねのかみ
また　やほよろづのかみたち　はかりて
あめのほひのかみ　これ　つかはしてむ　とまをしき
かれ　あめのほひのかみを　つかはしつれば
やがて　おほくにぬしのかみに　こびつきて
みとせに　なるまで　かへりこと　まをさざりき

そこで、高御産巣日神《たかみむすひのかみ》と天照大御神《あまてらすおおみかみ》により、
天安河の河原《あめのやすのかわ》に、八百万《やおよろず》の神々をお集めになって、
思金神《おもいかねのかみ》のお考えを求められ、
「この葦原の中つ国は、わが御子《みこ》の治める国として、
まかせた国です。
しかし、この国には、荒々しい国つ神たちが、
多くいるようです。いったい、どの神を遣わして、
平定させたらよいのだろうか」と仰せになりました。
思金神と八百万の神々は相談されて、
天菩比神《あめのほひのかみ》をお選びになり、遣わされたのですが、
大国主神《おおくにぬしのかみ》に媚びへつらって、
三年たっても帰って来ませんでした。

あめわかひこ

ここをもて　たかみむすひのかみ　あまてらすおほみかみ
また　もろもろの　かみたちに　とひたまはく
あしはらのなかつくにに　つかはせる　あめのほひのかみ
ひさしく　かへりこと　まをさず
また　いづれの　かみを　つかはしてば　えけむ
ここに　おもひかねのかみ　まをしけらく
あまつくにたまのかみのこ　あめわかひこを　つかはしてむ　とまをしき
かれ　ここに　あめのまかこゆみ　あめのははやを
あめわかひこに　たまひて　つかはしき
ここに　あめわかひこ　かのくにに　くだりつきて
すなはち　おほくにぬしのかみの　みむすめ　したてるひめを　めとし
また　そのくにを　えむと　おもひはかりて
やとせに　なるまで　かへりこと　まをさざりき

そこでまた、高御産巣日神《たかみむすひのかみ》と天照大御神《あまてらすおおみかみ》が、
八百万《やおよろず》の神々をお集めになって、
「天菩比神《あめのほひのかみ》さまは、いつになっても、戻ってくる様子がありません。
別の神を遣わすのがよろしいだろうか」とお尋ねになりますと、
思金神《おもいかねのかみ》が、提案されました。
「天津国玉神《あまつくにたまのかみ》の御子、天若日子《あめわかひこ》がよろしかろう」
そこで、天《あめ》の麻迦古弓《まかこゆみ》と天の波波矢《ははや》が与えられ、
遣わされたのですが、
大国主神《おおくにぬしのかみ》の娘、下照比売《したてるひめ》と結婚して、
いつか、この国をわがものにとたくらんで、
八年ものあいだ、お戻りになりませんでした。

かれ　ここに　あまてらすおほみかみ　たかみむすひのかみ
また　もろもろの　かみたちに　とひたまはく
あめわかひこ　ひさしく　かへりこと　まをさず
また　いづれの　かみを　つかはしてか
あめわかひこが　ひさしく　とどまるゆゑを　とはしめむ　ととひたまひき
ここに　もろもろの　かみたち　また　おもひかねのかみ　まをさく
きぎし　ななきめを　つかはしてむ　とまをすときに　のりたまはく
いまし　ゆきて　あめわかひこに　とはむさまは　いましを　あしはらのなかつくにに
つかはせる　ゆゑは　そのくにの　あらぶるかみどもを　ことむけ　やはせとなり
なぞ　やとせになるまで　かへりこと　まをさざる　ととへ　とのりたまひき
かれ　ここに　ななきめ　あめより　くだりつきて
あめわかひこが　かどなる　ゆつかつらの　うへに　ゐて
まつぶさに　あまつかみの　おほみことのごと　のりき
ここに　あまのさぐめ　このとりの　いふことを　ききて　あめわかひこに
このとりは　なくこゑ　いとあし　かれ　いころし　たまひね
といひすすむれば　すなはち　あめわかひこ　あまつかみの　たまへる
あめのはじゆみ　あめのかくやを　もちて　このきぎしを　いころしつ

そこでまた、天照大御神《あまてらすおおみかみ》と、高御産巣日神《たかみむすひのかみ》が、
天安河《あめのやすのかわ》の河原に、八百万《やおよろず》の神々をお集めになって、
「天若日子《あめわかひこ》が、長きにわたって、帰らずにいるわけを、
問いただすには、誰を遣わすのがよかろう」とお尋ねになりました。
八百万の神々と思金神が話し合い、
「鳴女《ななきめ》という雉《きじ》を遣いに出しましょう」ということになり、
「これから、天若日子のところに行ったならば、
『あなたを、葦原中国《あしはらのなかつくに》に遣わしたのは、その国の荒ぶる神たちを、
和やかに平定させるため、その報告の役目も果たさぬまま、なぜ、
八年もそこにおられるのか』とお聞きなさい」と仰せになりました。
雉の鳴女は、すぐに高天原《たかあまはら》より葦原中国に降り、
天若日子の屋敷の門の、聖なる桂の木にとまると、
天つ神からのお言葉を、つぶさにお伝えになりました。
それを聴いた天佐具売《あめのさぐめ》という方から、
「あの鳥の声は、なんと不吉ないやな声でしょう、射殺《いころ》しなさいませ」
とそそのかされた天若日子は、高天原から様子伺いに遣わされた雉を、
天つ神から授かった天《あめ》の波士弓《はじゆみ》と天の加久矢《かくや》で、射殺してしまわれました。

ここに　そのや　きぎしの　むねより　とほりて
さかさまに　いあげらえて　あめのやすのかはの　かはらに　まします
あまてらすおほみかみ　たかきのかみの　みもとに　いたりき
この　たかきのかみは　たかみむすひのかみの　またのみな　なり
かれ　たかきのかみ　そのやを　とらして　みそなはすれば
そのやの　はに　ち　つきたりき
ここに　たかきのかみ　このやは　あめわかひこに　たまへりし　やぞかし
とのりたまひて　もろもろの　かみたちに　みせて　のりたまへらくは
もし　あめわかひこ　みことを　たがへず
あらぶるかみを　いたりし　やの　きつるならば　あめわかひこに　あたらざれ
もし　きたなき　こころし　あらば　あめわかひこ　このやに　まがれ
とのりたまひて　そのやを　とらして
そのやの　あなより　つきかへし　たまひしかば
あめわかひこが　あぐらに　ねたる　たかむなさかに　あたりて　みうせにき
また　かのきぎし　かへらず
かれ　いまに　ことわざに　きぎしの　ひたづかひ　といふもと　これなり

この矢は、雉の胸をつらぬいて、逆さまに射上げられて、
天安河の河原《あめのやすのかわ》に届き、天照大御神《あまてらすおおみかみ》、高木神《たかきのかみ》のところに落ちました。
この高木神とは、高御産巣日神《たかみむすひのかみ》の別名です。
高木神は、その矢をお取りになって、ご覧になりますと、
その矢羽《やばね》に血がついております。
「この矢は、天若日子《あめわかひこ》に授けた矢ではないか」と仰せになり、
神々たちに、お見せになって、
「もしこの矢が、われわれの言葉に従い、
悪しき神々を射たものならば、天若日子には当たらぬように。
また、もし天若日子が、邪《きたな》き心で射たものならば、この矢に当たれ」
と仰せになり、その矢をとり、矢がとどいた穴から突き返すように放ちますと、
横になって休んでいる天若日子の胸に命中して、
命をおとされました。
また、雉は帰ることはありませんでした。
行ったきり、帰ってこない使者のことを、
「雉のひた使い」という諺は、これが由来です。

かれ　あめわかひこが　め　したてるひめの　なかせる　こゑ
かぜの　むたひびききて　あめに　いたりき
ここに　あめなる　あめわかひこが　ちち　あまつくにたまのかみ
また　そのめこども　ききて　くだりきて　なきかなしみて
すなはち　そこに　もやを　つくりて
かはがりを　きさりもちとし　さぎを　ははきもちとし
そにを　みけびととし　すずめを　うすめとし　きぎしを　なきめとし
かく　おこなひ　さだめて　ひやか　よやよを　あそびたりき
このとき　あぢしきたかひこねのかみ　きまして
あめわかひこが　もを　とぶらひたまふ　ときに
あめより　くだりきつる　あめわかひこが　ちち　また　その　め　みな　なきて
あがこは　しなずて　ありけり　あがきみは　しなずて　ましけり　といひて
てあしに　とりかかりて　なき　かなしみき
その　あやまてる　ゆゑは
この　ふたはしらの　かみの　かほ　いとよく　にたり
かれ　ここをもて　あやまてる　なりけり

天若日子《あめわかひこ》の妻である下照比売《したてるひめ》が、お泣きになる声は、
風にのって高天原《たかあまはら》まで響き渡りました。
そのお声を聴かれた天若日子の父神、天津国玉神《あまつくにたまのかみ》やほかの妻子は、
ただちに降《くだ》り、泣きながら喪屋《もや》をたて、
河の雁《かり》をきさり持ち、鷺《さぎ》をはき持ち、かわせみを御食人《みけびと》、雀を碓女《うすめ》、
雉を哭女《なきめ》という、弔いの役目を定めて、八日八夜《ようかやよ》を歌い舞い、
儀式をとり行いました。
この時、阿遅志貴高日子根神《あじしきたかひこねのかみ》がおいでになりましたが、
高天原から来られていた天若日子の父神や、ほかの妻までも、
「わが子は、死んではいなかった」
「わが君は、生きておられた」
と手足に取りすがって、みな泣きくずれてしまいました。
そのわけは、その方が、天若日子の姿かたちに、
あまりにもよく似ていたために起こった誤りでした。

ここに　あぢしきたかひこねのかみ　いたく　いかりて　いひけらく
あは　うるはしき　ともなれこそ　とぶらひ　きつれ
なにとかも　あれを　きたなき　しにびとに　なそふる　といひて
みはかせる　とつかつるぎを　ぬきて　その　もやを　きりふせ
あしもて　くゑはなち　やりき
こは　みぬのくにの　あゐみがはの　かはかみなる　もやまといふ　やまなり
その　もちて　きれる　たちのなは　おほばかり　といふ
またのなは　かむどのつるぎ　とも　いふ
かれ　あぢしきたかひこねのかみは　おもほでりて　とびさりたまふ　ときに
その　いろも　たかひめのみこと
そのみなを　あらはさむと　おもひて　うたひけらく
あめなるや　おとたなばたの
うながせる　たまのみすまる
みすまるに　あなだまはや
みたに　ふたわたらす
あぢしき　たかひこねの　かみぞや
このうたは　ひなぶりなり

阿遅志貴高日子根神《あじしきたかひこねのかみ》は、
「わたしは、親しき友人として、弔いに参ったというのに、
なんと、わたしを穢《けが》れた死人《しびと》と、とりちがえるとは」
と、たいそうお怒りになり、身につけていた十掬剣《とつかつるぎ》を引き抜くと、
喪屋《もや》を切り伏せ、蹴り散らかしておしまいになりました。
その喪屋は、美濃の国の藍見河《あいみがわ》の河上にある「喪山《もやま》」になったといいます。
切り伏せた時の太刀の名は、「大量《おおばかり》」、また「神度剣《かむどのつるぎ》」といいます。
阿遅志貴高日子根神は、お怒りになったまま、飛び出してしまいましたので、
妹神である下照比売《したてるひめ》、別名、高比売命《たかひめのみこと》は、
兄神の名前をあきらかにしようと思い、歌をよみました。
天にいます弟棚機姫《おとたなばたひめ》の、首にまかれた玉飾り、
その穴玉を通す美しい光、ふたつの谷をわたる輝きよ。
その輝きそのもののお方の名は、阿遅志貴高日子根神。
この歌は、夷振り《ひなぶり》と呼ばれています。

ここに　あまてらすおほみかみの　のりたまはく
また　いづれの　かみを　つかはしてば　えけむ
かれ　おもひかねのかみ　また　もろもろの　かみたち　まをしけらく
あめのやすのかはの　かはかみの　あめのいはやに　ます
なは　いつのをはばりのかみ　これ　つかはすべし
もしまた　このかみならずは　そのかみのこ
たけみかづちのをのかみ　これ　つかはすべし
まづ　その　あめのをはばりのかみは　あめのやすのかはの　みづを
さかさまに　せきあげて　みちを　せきをれば　あだしかみは　え　ゆかじ
かれ　ことに　あめのかくのかみを　つかはして　とふべし　とまをしき
かれ　ここに　あめのかくのかみを　つかはして
あめのをはばりのかみに　とふときに
かしこし　つかへまつらむ　しかれども　このみちには
あがこ　たけみかづちのかみを　つかはすべし　とまをして
すなはち　たてまつりき
かれ　あめのとりふねのかみを　たけみかづちのかみに　そへて　つかはしき

そこでまた、天照大御神《あまてらすおおみかみ》が、神々に向かって、お尋ねになりました。
「こんどは、誰を遣わしたらよいのでしょうか」
思金神《おもいかねのかみ》と神々はみなで話し合い、
「天安河《あめのやすのかわ》の河上の天石屋《あめのいわや》におられる伊都之尾羽張神《いつのおはばりのかみ》か、もしくは、
その御子神の、建御雷神《たけみかづちのかみ》を遣わしましょう。しかし、
その天尾羽張神《あめおはばりのかみ》は、天安河《あめのやすのかわ》の水を逆さまに塞《せ》き上げて、
道をふさいでおりますから、ほかの神が行くことはできません。
天迦久神《あめのかくのかみ》ならば行けましょうから、遣わして問うのがよろしいのでは」
とお答えになりました。
そこで、天迦久神を遣わして、
天尾張神にお尋ねになりましたら、お答えになり
「恐れながら、お仕え申し上げますが、
このお役目、わたしの御子、建御雷神が適任かと存じます」
と、お受けになりました。
そして、建御雷神は、
空を自在に飛ぶ天鳥船神《あめのとりふねのかみ》とともに、葦原中国《あしはらのなかつくに》に遣わされました。

くにゆずり

ここをもて　このふたはしらのかみ　いづものくにの　いなさのをばまに　くだりつきて
とつかつるぎを　ぬきて　なみのほに　さかさまに　さしたてて
その　つるぎのさきに　あぐみゐて　その　おほくにぬしのかみに　とひたまはく
あまてらすおほみかみ　たかきのかみの　みこと　もちて　とひに　つかはせり
なが　うしはける　あしはらのなかつくには
あがみこの　しらさむくにと　ことよさし　たまへり
かれ　ながこころ　いかにぞと　とひたまふときに　こたへまつらく
あは　え　まをさじ　あがこ　やへことしろぬしのかみ　これ　まをすべきを
とりのあそび　すなどりしに　みほのさきに　ゆきて　いまだ　かへりこず　とまをしき
かれ　ここに　あめのとりふねのかみを　つかはして
やへことしろぬしのかみを　めしきて　とひたまふときに　そのちちの　おほかみに
かしこし　このくには　あまつかみのみこに　たてまつりたまへ
といひて　すなはち　そのふねを　ふみかたぶけて
あまのさかでを　あをふしかきに　うちなして　かくりましき

この二柱《ふたはしら》の神は、出雲の国の伊那佐《いなさ》の小浜《おばま》に降り立たれ、
十掬剣《とつかつるぎ》を抜いて、波がしらに逆さまに立て、
その剣《つるぎ》の先の上に胡坐《あぐら》をかいて座り、大国主神に向かって、
「天照大御神《あまてらすおおみかみ》と高木神のご命を受けて、伺いにまいりました。
あなたが今、治めている葦原中国《あしはらのなかつくに》は、
天照大御神の御子が治めるべき国であると、聞き及んでおりますが、
あなたの考えをお聞きしたい」と、問いただしました。
大国主神《おおくにぬしのかみ》は、これにお答えになり、
「わたしに言うことはありません。わが子、八重事代主神《やえことしろぬしのかみ》が答えましょう。
ただ、今は、鳥遊びと魚採りに美保岬《みほのみさき》行っていて、まだ帰っておりません」
そこで、建御雷神《たけみかづちのかみ》は、天鳥船神《あめのとりふねのかみ》を遣わして、
八重事代主神をお呼びになり、お考えをお聞きになると、
父神である大国主神に向かって、
「恐れ多いことでございます。
この国は、天照大御神さまの御子に、お譲りしていただきたいと存じます」
と即座に答え、そのまま、ご自分の乗っていた船を踏み傾けて、
天逆手《あめのさかて》を打つと、船が神籬《ひもろぎ》である青柴《あおしば》の垣根となり、お隠れになりました。

かれ　ここに　その　おほくにぬしのかみに　とひたまはく
いま　ながこ　ことしろぬしのかみ　かく　まをしぬ
また　まをすべき　こ　ありや　ととひたまひき
ここに　また　まをしつらく
また　あがこ　たけみなかたのかみ　あり
これを　おきては　なし　かく　まをしたまふ　をりしも
その　たけみなかたのかみ　ちびきいはを　たなするに　ささげてきて
たれぞ　わがくにに　きて　しぬび　しぬび　かく　もの　いふ
しからば　ちからくらべ　せむ
かれ　あれ　まづ　そのみてを　とらむ　といふ
かれ　そのみてを　とらしむれば　すなはち　たちびに　とりなし
また　つるぎばに　とりなしつ　かれ　おそれて　しりぞき　をり
ここに　その　たけみなかたのかみの　てを　とらむと
こひかへして　とれば　わかあしを　とるがごと
つかみ　ひしぎて　なげはなち　たまへば
すなはち　にげいにき

そこで、建御雷神《たけみかづちのかみ》が、

「今、そなたの御子である事代主神《ことしろぬしのかみ》が、あのように申したが、ほかに言わねばならぬ御子はおるか」

とお尋ねになりますと、大国主神《おおくにぬしのかみ》は、

「もうひとりの子、建御名方神《たけみなかたのかみ》がおります」

とお答えする折《おり》しも、当の建御名方神が、千人力でも引けないほどの、大きな石を手先にさげて、やってきました。

「誰だ、我が国にやってきて、何をひそひそとものを言っているのだ。まずは、力比べをしようではないか、この手を取ってみるがよい」

と言いながら、いきなり、建御雷神の御手《おて》をとると、その手は、たちまち冷たくとがった氷柱《つらら》になり、そのまま鋭い剣《つるぎ》の刃《やいば》となりました。

思わず、後ずさりをされた建御名方神でしたが、こんどは、建御雷神が御手をとると、葦の若芽をにぎりつぶすように、つかんで投げ飛ばしましたので、建御名方神は、あわてて逃げ去りました。

かれ　おひゆきて　しなぬのくにの　すはのうみに　せめいたりて
ころさむと　したまふ　ときに
たけみなかたのかみ　まをしつらく
かしこし　あを　な　ころし　たまひそ
このところを　おきては　あだしところに　ゆかじ
また　あがちち　おほくにぬしのかみのみことに　たがはじ
やへことしろぬしのかみの　ことに　たがはじ
この　あしはらのなかつくには
あまつかみのみこの　みことの　まにまに　たてまつらむ
とまをし　たまひき

建御雷神《たけみかづちのかみ》は、建御名方神《たけみなかたのかみ》を追いかけ、
とうとう、信濃国の諏訪まで追い詰め、
殺そうとしましたが、
建御名方神は、
「どうか、いのちだけはお助けください。
この場所から、けっして他所《よそ》にはまいりません。
父の大国主神《おおくにぬしのかみ》に背かず、八重事代主《やえことしろぬし》のことばに従い、
この葦原中国《あしはらのなかつくに》は、天《あま》つ神さまの御子にお譲りし、
仰せのままに奉《たてまつ》ります」
とおっしゃいました。

かれ　さらに　また　かへりきて
その　おほくにぬしのかみに　とひたまはく
ながこども　ことしろぬしのかみ　たけみなかたのかみ　ふたりは
あまつかみのみこの　みことの　まにまに　たがはじ　とまをしぬ
かれ　なが　こころ　いかにぞ　ととひたまひき
ここに　こたへまつらく
あがこども　ふたりの　まをせる　まにまに　あれも　たがはじ
この　あしはらのなかつくには　みことの　まにまに　すでに　たてまつらむ
ただ　あが　すみかをば　あまつかみのみこの　あまつひつぎ　しろしめさむ
とだる　あまのみす　なして
そこついはねに　みやばしら　ふとしり
たかあまはらに　ひぎたかしりて　をさめたまはば
あは　ももたらずやそ　くまでに　かくりて　さもらひなむ
また　あがこども　ももやそかみは　やへことしろぬしのかみ
かみの　みをさきと　なりて　つかへまつらば　たがふ　かみは　あらじ
かく　まをして　すなはち　かくりましき

建御雷神《たけみかづちのかみ》は、再び、出雲の国に、
意見を求めに行き、
「そなたの御子、事代主神《ことしろぬしのかみ》、建御名方神《たけみなかたのかみ》は、
天つ神さまのお言葉に従うと申しておるが、
そなたの心はいかに」とお尋ねになると、
大国主神《おおくにぬしのかみ》は、
「わが二柱《ふたはしら》の御子の言うとおりに従いましょう。
この葦原中国《あしはらのなかつくに》は、献上いたします。
ただひとつの願いとして、わたしの住まいを、
天つ神の御子が天《あま》つ日継《ひつぎ》をお伝えになる宮殿のように、
地の底まで届くほど深く宮柱を打ち立て、天空高く、
高天原《たかあまはら》に届くほどに神聖な千木《ちぎ》をかかげた宮殿を、作ってくだされば、
わたしは曲がりくねった道の果て、この出雲の地に隠れ住みましょう。
また、八重事代主神《やえことしろぬしのかみ》が、後先《あとさき》を護ってお仕えすれば、
わが御子たち、百八十《ももやそ》の神たちは、誰も背くものはおりません。」
そう申して、いさぎよく退きました。

かれ　まをし　たまひし　まにまに
いづものくにの　たぎしのをばまに
あめの　みあらかを　つくりて
みなとのかみのひこ　くしやたまのかみを　かしはでとして
あめのみあへ　たてまつるときに　ねぎまをして
くしやたまのかみ　うに　なりて
わたのそこに　いりて
そこの　はにを　くひいでて
あめのやそびらかを　つくりて
めの　からを　かりて
ひきりうすに　つくり
こもの　からを　ひきりぎねに　つくりて
ひを　きりいでて　まをしけらく

こうして、出雲の国の多芸志《たぎし》の小浜《おばま》に、神殿をおつくりになり、
水戸神《みなとのかみ》の孫神、櫛八玉神《くしやたまのかみ》を料理人として、
ごちそうを調《ととの》える時に、
櫛八玉神は、鵜《う》にお姿をかえ、海底に入り、
赤土をくわえて戻り、たくさんの器をおつくりになりました。
また、海藻の茎で火きり臼《うす》を、菰《こも》の茎で杵《きね》をつくり、
火を切りだして、申しました。

この　あが　きれるひは
たかあまはらには　かみむすひのみおやのみことの
とだる　あまのにひすの　すすの
やつか　たるまで　たきあげ
つちのしたは　そこついはねに　たきこらして
たくなはの　ちひろなは　うちはへ
つらせる　あまが　おほくちの　をはたすずき
さわさわに　ひきよせ　あげて
さきたけの　とををとををに
あめの　まなぐひ　たてまつらむ
とまをしき
かれ　たけみかづちのかみ　かへり　まゐのぼりて
あしはらのなかつくに　ことむけやはしぬる　さまを　まをし　たまひき

このわたしが、切り出す火は、
高天原《たかあまはら》におられる神産巣日御祖命《かみむすひのみおやのみこと》の、
新しい満ち足りたお住まいに、
煤《すす》が、八つの拳《こぶし》の長さほど垂れるまで焚き上げられて、
地の底深く、焚きしめられて、
楮《こうぞ》の皮でつくった縄をのばして、釣りする海人《あまびと》が、
口の大きな尾ひれ鱸《すずき》を、
さわさわ引き寄せ、釣りあげて、
竹の台が音立てるほど積み上げて、
天にふさわしい魚料理を捧げましょう。
と、寿《ことほ》ぎました。
そして、建御雷神《たけみかづちのかみ》は、高天原にかえり戻り、
葦原中国《あしはらのなかつくに》が、穏やかに平定されたことを、ご報告なさいました。

ほのににぎのみこと

ここに　あまてらすおほみかみ　たかきのかみの　みこと　もちて
ひつぎのみこ　まさかあかつかちはやひあめのおしほみみのみこと　にのりたまはく
いま　あしはらのなかつくに　ことむけをへぬ　とまをす
かれ　ことよさし　たまへりし　まにまに　くだりまして　しろしめせ　とのりたまひき
ここに　そのひつぎのみこ
まさかあかつかちはやひあめのおしほみみのみことの　まをしたまはく
あれは　くだりなむ　よそひせしほどに　みこ　あれましつ
みなは　あめにぎしくににぎしあまつひだかひこほのににぎのみこと
このみこを　くだすべし　とまをし　たまひき
この　みこは　たかきのかみの　みむすめ　よろづはたとよあきづしひめのみことに
みあひまして　うみませる　みこ　あめのほあかりのみこと
つぎに　ひこほのににぎのみこと　にます
ここをもて　まをしたまふ　まにまに　ひこほのににぎのみことに　みこと　おほせて
このとよあしはらのみづほのくには　みまし　しらさむ　くになりと　ことよさしたまふ
かれ　みことの　まにまに　あもりますべし　とのりたまひき

天照大御神《あまてらすおおみかみ》と高木神《たかきのかみ》は、
日継ぎの御子である正勝吾勝勝速日天忍穂耳命《まさかあかつかちはやひあめのおしほみみのみこと》に、

「ようやく葦原中国《あしはらのなかつくに》が穏やかになり、平定がたしかなものになってまいりました。

これから天降《あまくだ》り、国を治めるように」と仰せになりました。

正勝吾勝勝速日天忍穂耳命《まさかあかつかちはやひあめのおしほみみのみこと》は、

「天降《あまくだ》ろうと思っておりましたら、御子が生まれました。

名は天邇岐志国邇岐志天津日高日子番邇邇芸命《あめにぎしくににぎしあまつひだかひこほのににぎのみこと》です。

この御子こそ降臨にふさわしいかと存じます」とお答えになりました。

この御子は、高御産巣日神《たかみむすひのかみ》である高木神の娘、
万幡豊秋津師比売命《よろずはたとよあきづしひめのみこと》との間にお生まれになった御子神です。

まず天火明命《あめのほあかりのみこと》、次が番能邇邇芸命《ほのににぎのみこと》です。

番能邇邇芸命に詔《みことのり》が下りました。

「この豊葦原の水穂の国は、あなたの治めるべき国、詔に従い、天降りなさいますように」

あめのうずめとさるたひこ

ここに　ひこほのににぎのみこと　あもりまさむとする　ときに
あめのやちまたに　ゐて　かみは　たかあまはらを　てらし
しもは　あしはらのなかつくにを　てらす　かみ　ここに　あり
かれ　あまてらすおほみかみ
たかきのかみの　みこともちて　あめのうずめのかみに
いましは　たわやめに　あれども　いむかふかみと　おもかつかみなり
かれ　もはら　いましゆきて　とはむは
あがみこの　あもりまさむとする　みちを
たれぞ　かくて　をる　ととへ　とのりたまひき
かれ　とはせたまふ　ときに　こたへまをさく
あれは　くにつかみ　なは　さるたひこのかみなり
いでをる　ゆゑは　あまつかみの　みこ　あもりますと　ききつるゆゑに
みさきに　つかへまつらむとして
まゐむかへ　さもらふぞ　とまをしたまひき

日子番能邇邇芸命《ひこほのににぎのみこと》が、高天原《たかあまはら》より降《くだ》ろうとする時に、
岐《わか》れ道の天《あめ》の八街《やちまた》にいて、上《かみ》は高天原を照らし、
下《しも》は葦原中国《あしはらのなかつくに》を照らしている神がいます。
天照大御神《あまてらすおおみかみ》、高木神は、天売受売神《あめのうずめのかみ》に、
「そなたは手弱女《たわやめ》ではあるけれど、面と向かって、
にらみ勝つ神です。ひとりで行って、
わが御子が天降《あまくだ》りなさろうとする道をふさいでいるのは誰だ、
と問いただすのです」と仰せになりました。
それで、天売受売神がお尋ねになりますと、
「わたしは、国つ神、名は猿田毘古神《さるたひこのかみ》と申します。
ここにおりましたのは、
天つ神の御子が天降るとお聞きしましたので、
ご先導をつとめようと、お迎えに参ったのです。
とお答えになりました。

いつとものを

ここに　あめのこやねのみこと　ふとたまのみこと
あめのうずめのみこと　いしこりどめのみこと　たまのやのみこと
あはせて　いつとものをを　くまり　くはへて
あまくだり　まさしめ　たまひき
ここに　かのをきし　やさかのまがたま　かがみ
また　くさなぎのつるぎ　また　とこよのおもひかねのかみ
たぢからをのかみ　あめのいはとわけのかみを
そへたまひて　のりたまへらくは
このかがみは　もはら　あがみたまとして
あがみまへを　いつくがごと　いつきまつれ
つぎに　おもひかねのかみは　みまへのことを
とりもちて　まをしたまへ　とのりたまひき
この　ふたはしらのかみは　さくくしろ　いすずのみやに　いつきまつる

こうして、番能邇邇芸命《ほのににぎのみこと》は、

「五伴緒《いつとものお》」の神、

天児屋命《あめのこやねのみこと》、布刀玉命《ふとたまのみこと》、

天宇受売命《あめのうずめのみこと》、伊斯許理度売命《いしこりどめのみこと》、

玉祖命《たまのやのみこと》と一緒に天降りなさいました。

この時、天照大御神《あまてらすおおみかみ》は番能邇邇芸命に、八尺《やさか》の勾玉《まがたま》、鏡、草薙《くさなぎ》の剣《つるぎ》をそえ、

また、思金神《おもいかねのかみ》、手力男神《たぢからおのかみ》、天石門別神《あめのいわとわけのかみ》を伴《とも》にそえられて、

仰せになりました。

「この鏡は、わたくしの心を映すものです。いつもひたすらに、

わたくしの御魂《みたま》が宿るものとしてお祀りするように。

思金神《おもいかねのかみ》は、その思いを受けつぎ、神の政事《まつりごと》を執り行って下さい」

天照大御神と思金神《おもいかねのかみ》は、五十鈴《いすず》の宮、伊勢神宮内宮にお祀りされています。

つぎに　とようけのかみ　こは　とつみやの　わたらひに　ます　かみなり
つぎに　あめのいはとわけのかみ　またのなは　くしいはまどのかみ　とまをし
またのなは　とよいはまどのかみ　ともまをす
このかみは　みかどの　かみなり　つぎに　たぢからをのかみは　さながたに　ませり
かれ　その　あめのこやねのみことは　なかとみのむらじらが　おや
ふとたまのみことは　いみべのおびとらが　おや
あめのうずめのみことは　さるめのきみらが　おや
いしこりどめのみことは　かがみつくりのむらじらが　おや
たまのやのみことは　たまのやのむらじらが　おやなり

登由宇気神《とようけのかみ》は、外宮《とつみや》の渡相《わたらい》におられる豊受神《とようけのかみ》です。
天　石戸別神《あめのいわとわけのかみ》は、別名櫛石窓神《くしいわまどのかみ》、また豊石窓神《とよいわまどのかみ》といいます。
この神は、御門《みかど》の神です。手力男神《たぢからおのかみ》は、佐那県《さながた》におられます。
天児屋命《あめのこやねのみこと》は、中臣《なかとみ》の連《むらじ》らの祖先、布刀玉命《ふとたまのみこと》は、忌部《いんべ》の首《おびと》らの祖先、
天宇受売命《あめのうずめのみこと》は、猨女《さるめ》の君らの祖先、伊斯許理度売命《いしこりどめのみこと》は、鏡作りの連らの祖先、
玉祖命《たまのやのみこと》は、玉作りの連らの祖先です。

かれ　ここに　あまつひこほのににぎのみこと
あまのいはくらを　はなれ　あめのやへたなぐもを　おしわけて
いつのちわき　ちわきて　あめのうきはしに　うきまじり　そりたたして
つくしの　ひむかの　たかちほの　くじふるたけに　あもりましき
かれ　ここに　あめのおしひのみこと　あまつくめのみこと　ふたり
あめのいはゆぎを　とりおひ　くぶつちのたちを　とりはき
あめのはじゆみを　とりもち　あめのまかこやを　たばさみ
みさきに　たたして　つかへ　まつりき
かれ　その　あめのおしひのみこと　こは　おほとものむらじらが　おや
あまつくめのみこと　こは　くめのあたへらが　おやなり
ここに　そじしの　からくにを
かささのみさきに　まぎとほりて　のりたまはく
ここは　あさひの　ただきすくに　ゆふひの　ひてる　くになり
かれ　ここぞ　いと　よきところ　とのりたまひて
そこついはねに　みやばしら　ふとしり
たかあまはらに　ひぎたかしりて　ましましき

こうして、天津日子番能邇邇芸命《あまつひこほのににぎのみこと》は、
天《あめ》の石位《いわくら》を離れ、八重にたなびく天の雲を押し分けて、
しっかりと道を選び、天の浮橋にお立ちになり、
竺紫《つくし》の日向《ひむか》の高千穂《たかちほ》の久士布流多気《くじふるたけ》に、天降《あまくだ》って来られました。

このとき、天忍日命《あめのおしひのみこと》、天津久米命《あまつくめのみこと》のおふたりは、
背に矢を入れる筒を背負い、頭椎太刀《くぶたち》を腰につけ、
天の波士弓《はじゆみ》と、天の真鹿児矢《まかこや》をたずさえて、前に立って先導なさいました。
天忍日命は、大伴《おおとも》の連らの祖先です。
天津久米命は、久米の直《あたい》らの祖先です。

韓国《からくに》と向かい合い、笠沙《かささ》の岬《みさき》を通りながら、
番能邇邇芸命は仰せになりました。
「この地は、朝日がまっすぐに射し、夕日が照り輝く国、
たいそう佳い場所です」
そこで、地の底まで届くほど深く宮柱を打ち立て、
天空高く、高天原《たかあまはら》に届くほどに神聖な千木《ちぎ》をかかげた宮殿をつくり、
お住まいになりました。

さるめのきみ

かれ　ここに　あめのうずめのみことに　のりたまはく
この　みさきに　たちて　つかへ　まつれりし　さるたひこのおほかみをば
もはら　あらはし　まをせる　いまし　おくりまつれ
また　そのかみの　みなは　いまし　おひて　つかへまつれ
とのりたまひき
ここをもて　さるめのきみら　その　さるたひこのをがみの　みなを　おひて
をみなを　さるめのきみと　よぶこと　これなり
かれ　そのさるたひこのかみ　あざかに　いましける　ときに
すなどりして　ひらぶかひに　そのてを　くひ　あはさえて
うしほに　おぼれ　たまひき
かれ　そのそこに　しづみゐたまふ　ときの　みなを
そこどくみたまと　まをし
その　うしほの　つぶたつときの　みなを
つぶたつみたまと　まをし
そのあわさくときの　みなを　あわさくみたまと　まをす

邇邇芸命《ににぎのみこと》は、天宇受売命《あめのうずめのみこと》に、
「猿田毘古大神《さるたひこのおおかみ》は、前に立ち先導し、よく仕えてくれました。
その正体を、みなにあきらかにしてくれたあなたが、
伊勢までお送りしなさい。
そして、大神の御名《おみな》をいただき、お仕えするように」と仰せになりました。
こうして、天宇受売命は、猿女《さるめ》の君と呼ばれるようになりました。
猿田毘古神が、伊勢の松坂におられた時のことです。
魚釣りをしていて、ひらぶ貝に手をはさまれて、海で溺れてしまいました。
底に沈んでしまわれた時の名を、底度久御魂《そこどくみたま》といい、
泡とともに、つぶつぶと湧き上がってくる時の名を、都夫多都御魂《つぶたつみたま》といい、
水面に泡が、はじけて広がる中にあらわれた時の名を、阿和佐久御魂《あわさくみたま》といいます。

ここに　さるたひこのかみを　おくりて　まかり　いたりて
すなはち　ことごとに　はたの　ひろもの　はたの　さものを　おひあつめて
いましは　あまつかみのみこに　つかへ　まつらむや
ととふときに
もろもろの　うをども　みな　つかへ　まつらむ
とまをす　なかに　こ　まをさず
かれ　あめのうずめのみこと　こに　いひけらく
このくちや　こたへせぬ　くち　といひて
ひもがたな　もちて　そのくちを　さきき
かれ　いまに　このくち　さけたり
ここをもて　みよみよ
しまの　はやにへ　たてまつれる　ときに
さるめのきみらに　たまふなり

さて、天宇受売命《あめのうずめのみこと》が、猿田毘古神《さるたひこのかみ》をお送りして、
お帰りになる時に、大きな魚、小さな魚を集めて、

「おまえたちは、天つ神の御子さまにお仕えしてくれるか」

とお聞きになりました。

ほとんどの魚たちが、

「よろこんで、お仕え申します」

と答えましたが、海鼠《なまこ》だけが返事をしませんでした。

そこで、天宇受売命は、

「この口は、答えぬ口なのですね」

とおっしゃると、紐刀《ひもがたな》で、
海鼠の口を切り裂いておしまいになりました。

今も海鼠の口がさけているのは、そのせいだといわれています。

これにより、代々、
伊勢志摩で採れた、初ものの海産物が献上された時には、
猿女《さるめ》の君らが、いただくことになりました。

このはなのさくやひめ

ここに　あまつひだかひこほのににぎのみこと
かささのみさきに　かほよき　をとめの　あへるに
たが　むすめぞ　ととひたまひき
こたへ　まをしたまはく
おほやまつみのかみの　むすめ　なは　かむあたつひめ
またのなは　このはなのさくやひめ　とまをしたまひき
また　いましが　はらから　ありや　ととひたまへば
あがあね　いはながひめあり　とまをしたまひき
かれ　のりたまはく
あれ　いましに　まぐはひせむと　おもふは　いかに
とのりたまへば
あは　え　まをさじ
あがちち　おほやまつみのかみぞ　まをさむ　とまをしたまひき

ある時、番能邇邇芸命《ほのににぎのみこと》は、
笠沙《かささ》の岬でみめ麗しいひとりの乙女と出会い、
お尋ねになりました。
「あなたは、どなたの娘であろうか」
その乙女は、
「わたくしは大山津見神《おおやまつみのかみ》の娘で、名を神阿多都比売《かむあたつひめ》、
またの名は、木花之佐久夜毘売《このはなのさくやひめ》と申します」とお答えになりました。
「あなたには、姉妹がおありでしょうか」
とお尋ねになりますと、
「わたしには、石長比売《いわながひめ》という姉がひとりおります」
と、お答えになりました。
「わたしは、ひとめであなたのことが気に入りました。
一緒になりたいと思うがいかがなものか」
番能邇邇芸命がお尋ねになると、
「わたくしが、お答えするわけにはまいりません。
父である大山津見神がお答えになりましょう」と申されました。

かれ　そのちち　おほやまつみのかみに
こひに　つかはしけるときに　いたく　よろこびて
そのあね　いはながひめを　そへて
ももとりの　つくゑしろの　ものを　もたしめて　たてまだしき
かれ　ここに　そのあねは　いと　みにくきに　よりて　みかしこみて
かへし　おくりたまひて　ただ　そのおと
このはなのさくやひめをのみ　とどめて　ひとよ　みとあたはしつ

そこで、番能邇邇芸命《ほのににぎのみこと》は、
山の神である大山津見神《おおやまつみのかみ》のところにお使いを出され、
木花之佐久夜毘売《このはなのさくやひめ》を妻に迎えたいとお申し込みになりました。
父神はたいそう喜び、姉の石長比売《いわながひめ》もご一緒に、
嫁入り道具の品をどっさりとお持たせになりました。
ところが、石長比売のお姿が、きれいに見えずに驚き畏《おそ》れ、
ひと目みただけで父神のもとへ、送り返してしまわれました。
そして、妹の木花之佐久夜毘売だけを、おそばにお寄せになり、
夫婦のちぎりを結ばれました。

ここに　おほやまつみのかみ
いはながひめを　かへしたまへるに　よりて
いたく　はぢて　まをし　おくりたまひける　ことは
あがむすめ　ふたり　ならべて　たてまつれるゆゑは
いはながひめを　つかはしてば
あまつかみの　みこの　みいのちは
あめふり　かぜふけども　とこしへなる　いはのごとく
ときはに　かきはに　ましませ
また　このはなのさくやひめを　つかはしてば
このはなの　さかゆるがごと　さかえませと　うけひて　たてまつりき
かかるにいま　いはながひめを　かへして
このはなのさくやひめ　ひとり　とどめ　たまひつれば
あまつかみのみこの　みいのちは
このはなの　あまひのみ　ましなむとす　とまをしたまひき
かれ　ここをもて　いまに　いたるまで
すめらみことたちの　みいのち　ながくは　まさざるなり

大山津見神《おおやまつみのかみ》は、姉の石長比売《いわながひめ》を返されたことに、
おおいに恥じ入り、申されました。
わたしが、我が娘ふたりを、ともに差し上げましたのには、訳がございました。
石長比売をおそばにおいていただければ、
天つ神の御子のお命は、どんなに雨降り、風が吹きましても、
とこしえなる岩のように末永く続きましょう。
また、木花之佐久夜毘売《このはなのさくやひめ》をおそばにおいていただければ、
桜の花のように咲き栄えましょう、
との祈りをこめたのでございます。
木花之佐久夜毘売だけを留めおき、
石長比売をお返しになられた今となっては、
いくら天つ神のお命といえども、
散る花のように、もろくはかないものとなりましょう。
このようなことから、今に至るまで、
天皇《すめらみこと》の御いのちが、永遠ということにはなりませんでした。

かれ　のちに　このはなのさくやひめ　まゐでて　まをしたまはく
あれ　はらめるを　いま　こ　うむべきときに　なりぬ
この　あまつかみのみこ　わたくしに　うみまつるべきに　あらず　かれ　まをす
とまをしたまひき
かれ　のりたまはく
さくやひめ　ひとよにや　はらめる　そは　あがみこに　あらじ
かならず　くにつかみのこにこそ　あらめ　とのりたまへば
あが　はらめる　みこ
もし　くにつかみのこ　ならむには　うむこと　さきからじ
もし　あまつかみのみこにまさば　さきからむ
とまをして　と　なき　やひろどのを　つくりて
そのとのぬちに　いりまして　はに　もて　ぬりふたぎて
うますときに　あたりて
その　とのに　ひをつけてなも　うましける

そののちに、木花之佐久夜毘売《このはなのさくやひめ》がおいでになって、
「わたくしは身籠っており、まもなく産み月を迎えます。
天つ神の御子を、ひとりで産むわけにはまいりません」
とおっしゃいました。
邇邇芸命《ににぎのみこと》は、
「佐久夜毘売よ、一夜にて身籠《みごも》ったというのか。
それは、わたしの子ではあるまい。
国つ神の子であろう」
と仰せになりましたので、
「わたくしの身籠りました御子が、もし、国つ神の子ならば、
無事に産まれるはずもないでしょう。
もし、天つ神の御子であるならば、
必ずや、無事に産まれることでしょう」とおっしゃられ、
戸のない聖なる産屋《うぶや》をお建てになり、
出入口を土で塗り固めて塞ぎました。
いよいよ産もうとする、その時に、
産屋に火をつけてお産みになりました。

かれ　そのひの　まさかりに　もゆるときに
あれませる　みこの　みなは　ほでりのみこと
つぎに　あれませるみこの　みなは　ほすせりのみこと
つぎに　あれませるみこの　みなは　ほをりのみこと
またのみなは　あまつひだかひこほほでみのみこと　みはしら

火が燃え盛っている時に、お産まれになった御子のお名前は、火照命《ほでりのみこと》、
次にお産まれになったのが火須勢理命《ほすせりのみこと》、
最後に、お産まれになったのが、火遠理命《ほおりのみこと》、
またのお名前を、天津日高日子穂穂手見命《あまつひだかひこほほでみのみこと》と言います。

うみさち　やまさち

かれ　ほでりのみことは　うみさちひことして
はたのひろもの　はたのさものを　とりたまひ
ほをりのみことは　やまさちひことして
けのあらもの　けのにこものを　とりたまひき
ここに　ほをりのみこと　そのいろせ　ほでりのみことに
かたみに　さちを　かへて　もちひてむ　といひて
みたび　こはししかども　ゆるさざりき
しかれども　つひに　わづかに　え　かへたまひき
かれ　ほをりのみこと　うみさちを　もちて　なつらすに
かつて　ひとつも　え　たまはず
また　そのつりばりをさへ　うみに　うしなひたまひき

火照命《ほでりのみこと》は、海佐知毘古《うみさちひこ》として、
ひれの大きな魚からひれの小さな魚までを取る海の仕事、
火遠理命《ほおりのみこと》は、山佐知毘古《やまさちひこ》として、
毛の荒い獣《けもの》から毛の柔らかい獣までを取る、
山の仕事をしながら、暮らしておりました。
ある時、火遠理命は、兄の火照命に、
それぞれの仕事を替えてみるというのはどうだろうか。
とおっしゃって、三度頼んでみましたが、許してはもらえません。
けれども、とうとう、わずかの間ならばと
狩りの道具と釣りの道具を取り替えることにいたしました。
海辺に出て、釣りをした火遠理命でしたが、
海の幸を得ることはひとつもできませんでした。
その上、兄の火照命の釣針さえ、なくしてしまいました。

ここに　そのいろせ　ほでりのみこと　そのはりを　こひて
やまさちも　おのが　さちさち　うみさちも　おのが　さちさち
いまは　おのおの　さち　かへさむ　といふときに
そのいろと　ほをりのみこと　のりたまはく
みましの　つりばりは　なつりしに　ひとつも　えずて
つひに　うみに　うしなひてき　とのりたまへども
そのいろせ　あながちに　こひ　はたりき
かれ　そのいろと　みはかしの　とつかつるぎを　やぶりて
いほはりを　つくりて　つぐのひたまへども　とらず
また　ちはりを　つくりて　つぐのひたまへども　うけずて
なほ　かの　もとのはりを　えむ　とぞいひける

火照命《ほでりのみこと》は、

「山の幸も、海の幸《さち》も、それぞれが授かりの幸、自分の授かった幸がいいので、釣り針をかえしてくれ」とおっしゃいました。

火遠理命《ほおりのみこと》は、

「あなたの釣り針で、釣っては見たものの、何ひとつ釣れず、それどころか、釣り針さえも失くしてしまいました」

と答えましたら、火照命は、たいそうお怒りになり、

「あの針を返せ」とお責めになります。

火遠理命が、腰に差していた大切な十拳剣《とつかつるぎ》を打ち壊して、五百本の釣り針を作ってつぐないに差し出されても、受け取ってもらえず、つぎに、千本の釣り針でも、なんとしても、あの針を返せと、お許しにはなりませんでした。

ここに　そのいろと　うみべたに　なきうれひて　いますときに
しほつちのかみ　きて　とひけらく
いかにぞ　そらつひだかの　なきうれひたまふ　ゆゑは
ととへば　こたへたまはく
われ　いろせと　つりばりを　かへて　そのはりを　うしなひてき
かくて　そのはりを　こふゆゑに
あまたの　はりを　つぐのひしかども　うけずて
なほ　その　もとの　はりを　えむ　といふなり
かれ　なきうれふ　とのりたまひき
ここに　しほつちのかみ
あれ　ながみことの　みために　よき　ことばかり　せむ
といひて　すなはち　まなしかつまのをぶねを　つくりて
そのふねに　のせまつりて　をしへけらく

火遠理命《ほおりのみこと》が、涙ながらに海辺を歩いておりますと、
塩椎神《しおつちのかみ》があらわれて、お尋ねになりました。
「どうしたのですか。
日の神の子孫である虚空津日高《そらつひだか》さまともあろうお方が、
泣き憂いているとは」
火遠理命は、お答えになりました。
「わたしは、兄さんから借りた釣り針をなくしてしまいました。
つぐないのために、たくさんの針を差し出しましたが、
どうしても、受け取ってもらえず
どんなことをしても、あの針でなくてはだめだと
許してくださらず、泣きくれておりました。」
そのことをお聞きになった塩椎神は、
よい手だてを考え、
竹籠の船に乗せてくださり、教えておっしゃることには、

あれ　このふねを　おしながさば　ややしまし　いでませ
うまし　みち　あらむ
すなはち　そのみちに　のりて　いましなば
いろこのごと　つくれる　みや
それ　わたつみのかみのみや　なり
そのかみの　みかどに　いたりましなば
かたへなる　ゐのべに　ゆつかつら　あらむ
かれ　その　きのうへに　ましまさば
その　わたのかみの　みむすめ　みて　はからむものぞ
とをしへまつりき
かれ　をしへし　まにまに　すこし　いでましけるに
つぶさに　そのことのごとく　なりしかば
すなはち　そのかつらに　のぼりて　ましましき
ここに　わたのかみの　みむすめ　とよたまひめの　まかたち
たまもひを　もちて　みづ　くまむと　するときに
ゐに　かげあり
あふぎて　みれば　うるはしき　をとこあり

「わたしが、この船を海の中に押し出しますので、しばらく、お行きなさい。
そうすると、よい潮の流れが道をつくり、
その道をすすみますと、魚の鱗《うろこ》のように門を重ねて造られたお宮があります。
それが、海の神、綿津見神《わたつみのかみ》のお宮、龍宮です。
お宮の門のところに着きましたら、傍らに井戸が見え、
そこに聖なる桂の木、湯津香木《ゆつかつら》があります。
そこに登ってお待ちになれば、海の神の娘に、
なにか、きっとよいお知恵を、いただけますことでしょう」
教えられるままに、火遠理命《ほおりのみこと》が、海の道をしばらく行きますと、
塩椎神《しおつちのかみ》のお言葉通りの、海の神《かみ》のお宮がありました。
火遠理命は、その門の傍らの井戸のそばの桂の木の上に登って、
待っておりました。
そこに、ちょうど、綿津見神の娘である豊玉毘売《とよたまひめ》のお付きのものが、
水を入れる器を持って水汲みにやってきました。
そして、ふと井戸の中に映る人の影をみつけました。
仰ぎ見ますと、木の上に、麗しい男の方がおられます。

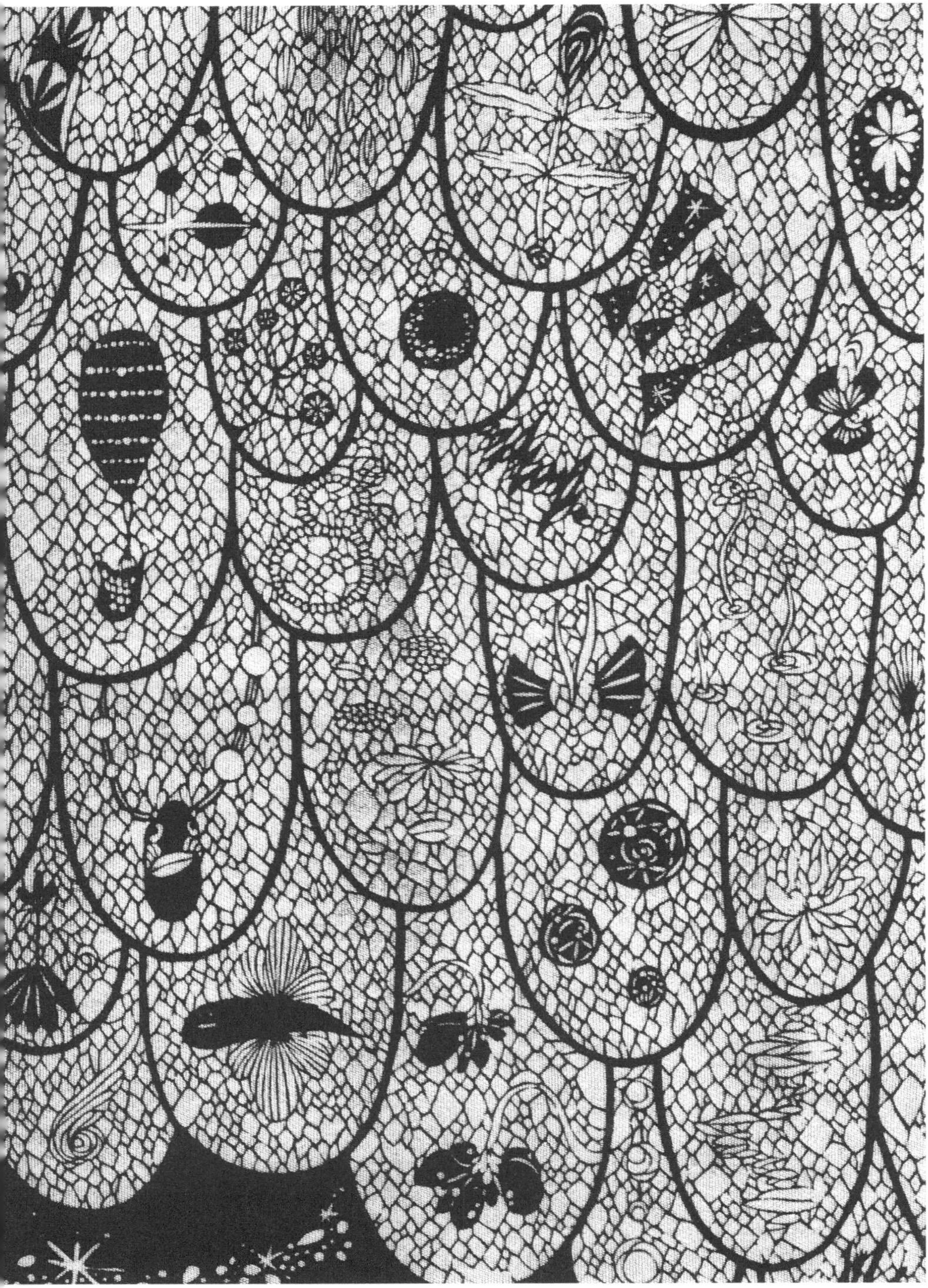

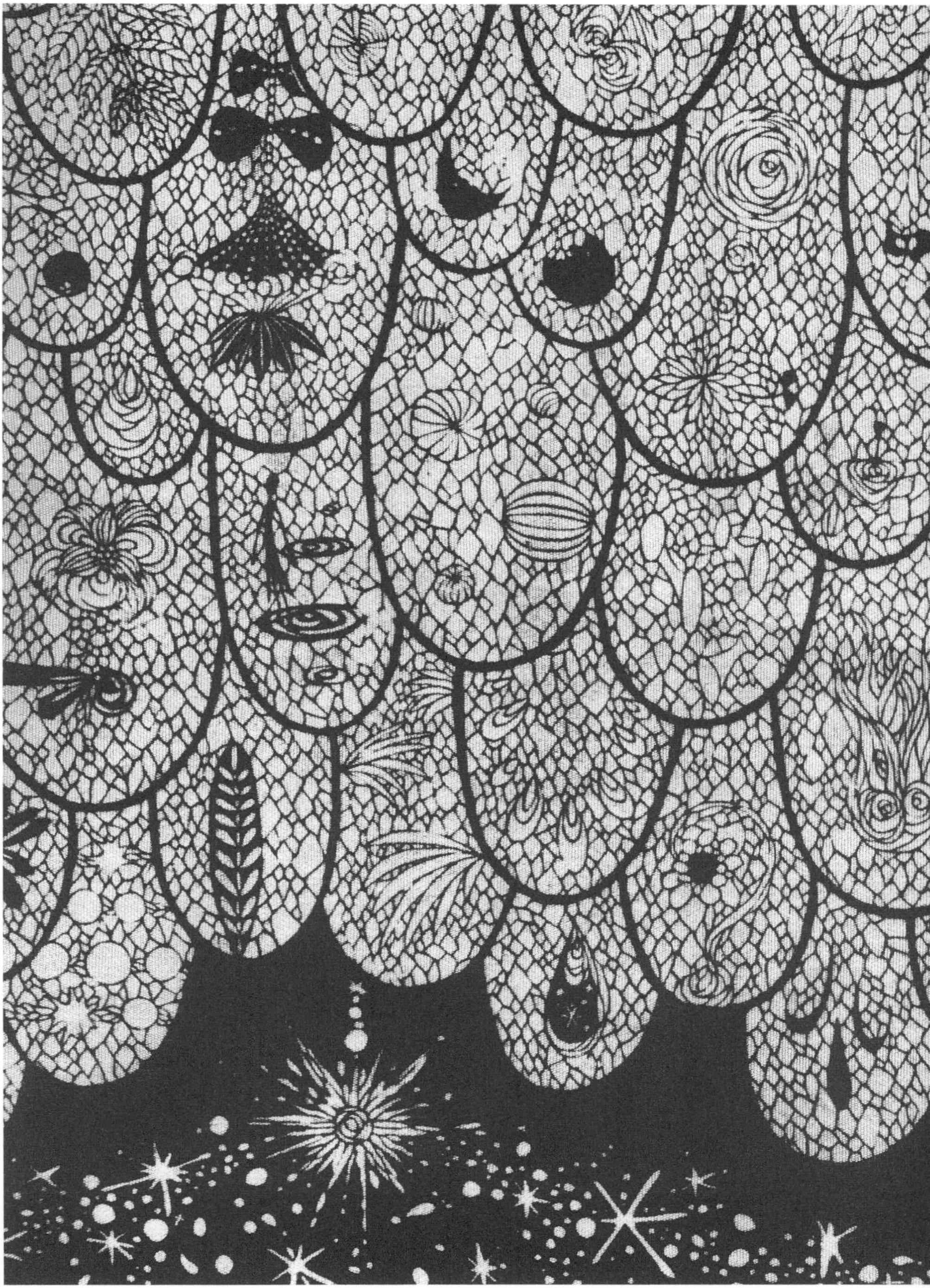

いと　あやしと　おもひき
かれ　ほをりのみこと　その　をみなを　みたまひて
みづを　えしめよ　とこひたまふ
まかたち　すなはち　みづを　くみて　たまもひに　いれて　たてまつりき
ここに　みづをば　のみたまはずして　みくびの　たまを　とかして
みくちに　ふふみて　その　たまもひに　つばき　いれたまひき
ここに　その　たまい　もひに　つきて　まかたち　たまを　え　はなたず
かれ　たま　つけながら　とよたまひめのみことに　たてまつりき
かれ　そのたまを　みて　まかたちに
もし　かどのとに　ひと　ありや　ととひたまへば
あが　ゐのべの　かつらの　うへに　ひと　います
いと　うるはしき　をとこに　ます
あがきみにも　まさりて　いと　たふとし
かれ　そのひと　みづを　こはせる　ゆゑに　たてまつりしかば
みづをば　のまさずて　このたまをなも　つばき　いれたまへる
これ　え　はなたぬ　ゆゑに
いれながら　もちまゐきて　たてまつりぬ　とまをしき

不思議そうにみつめるお付きのものに、
火遠理命《ほおりのみこと》は、「水をいただけませんか」とお声をかけました。
お付きのものは、水を汲んで器に入れ、差し出しました。
しかし、火遠理命は、水は飲まずに、首にさげた勾玉《まがたま》のひとつをはずして、
口に含み、器の中に唾と一緒に吐き出しました。
その玉は、器の底にしっかりとはりつき、お付きのものが取り外そうとしても、
器から玉を離すことができませんでした。
仕方なく、そのまま豊玉毘売命《とよたまひめのみこと》のところに持って参りました。
豊玉毘売命は、その勾玉の張り付いた器をひと目見て、
「門のところに、どなたかおられるのですか」とお尋ねになりました。
「井戸のそばの桂の木の上に、たいそう麗しい男の方がおられます。
龍宮の我が君、綿津見神《わたつみのかみ》さまにも勝る、たいそう高貴なお方です。
その方が水がほしいとおっしゃるので、お持ちしましたら水は飲まずに、
この勾玉と一緒に唾を吹き入れなさったのでございます。
わたしには、この玉を取り離すことができませんでしたので、
入れたままにして持って来て、こうして差し上げたわけでございます」
お付きのものは、お答えになりました。

かれ　とよたまひめのみこと　あやしと　おもほして
いでみて　すなはち　みめでて　まぐはひして
そのちちに　あがかどに　うるはしきひと　います
と　まをしたまひき

そこで、豊玉毘売命《とよたまひめのみこと》は、不思議に思われて出てごらんになりました。
目と目を合わせ、身も心も結ばれ、父神である綿津見神《わたつみのかみ》に、
「門のところに、麗しい方がおられます」とお伝えになりました。

ここに　わたのかみ　みづから　いでみて
このひとは　あまつひだかのみこ　そらつひだかに　ませり
といひて　すなはち　うちにゐて　いれまつりて
みちのかはの　たたみ　やへを　しき　また　きぬだたみ　やへを
そのうへに　しきて　そのうへに　ませ　まつりて
ももとりの　つくゑしろのものを　そなへて
みあへして　すなはち　そのみむすめ
とよたまひめを　あはせ　まつりき
かれ　みとせと　いふまで　そのくにに　すみたまひき
ここに　ほをりのみこと　そのはじめのことを　おもほして
おほきなる　なげき　ひとつ　したまひき
かれ　とよたまひめのみこと　そのみなげきを　きかして
そのちちに　まをしたまはく
みとせ　すみたまへども　つねは　なげかすことも　なかりしに
こよひ　おほきなる　なげき　ひとつ　したまひつるは
もし　なにの　ゆゑ　あるにか　とまをしたまへば

そこで、綿津見神《わたつみのかみ》が、みずから出て、ひとめ見るなり、
「あのお方は、天津日高《あまつひだか》の御子、虚空日高《そらつひだか》さまです」と仰せになり、
すぐにお宮の内にお招きになりました。
あしかの皮の畳を八重に敷いた上に、
絹の畳を八重に敷いて、その上に、お座り願いますと、
おもてなしのご馳走や宝物を並べて、宴《うたげ》をひらき、
豊玉毘売《とよたまひめ》との婚礼の式をあげました。
そのまま、火遠理命《ほおりのみこと》は、この国で三年の時を過ごし、
ある時、そもそもの初めの時のことを思い出しました。
そして、大きな嘆きのためいきをひとつ、なさいました。
そのためいきのご様子をごらんになった豊玉毘売は、
父神におっしゃいました。
「今まで、ご一緒した三年のあいだ、
お嘆きされることなど一度もございませんでしたのに、
今宵、大きなためいきをされたのには、なにか故《ゆえ》あってのことでしょうか」

そのちちの　おほかみ　その　みむこのきみに　とひまつらく
けさ　あがむすめの　かたるを　きけば
みとせ　ましませども　つねは　なげかすことも　なかりしに
こよひ　おほきなる　なげき　したまひつ　とまをせり
もし　ゆゑ　ありや
また　ここに　きませるゆゑは　いかにぞ　ととひまつりき
かれ　そのおほかみに　つぶさに　そのいろせの
うせにし　つりばりを　はたれる　さまを　かたり　たまひき
ここをもて　わたのかみ　ことごとに
はたのひろもの　はたのさものを　よびあつめて
もし　このつりばりを　とれる　うをありや　ととひたまふ
かれ　もろもろの　うをども　まをさく
このごろ　たひ　なも　のみとに　のぎ　ありて　もの　え　くはずと
うれふなれば　かならず　これ　とりつらむ　とまをしき

父の大神は、すぐに婿である火遠理命《ほおりのみこと》に、お尋ねになりました。
「今朝、我が娘が語るのを聞けば、
三年のあいだに、嘆くことなど、一度もなかったというのに、
昨夜、大きなためいきをひとつされたとのこと。何かわけがあるのですか。
また、そもそもここに来られたのは、いかなるわけがおありでしょうか」
そこで、火遠理命は、父である大神に、兄の釣り針をなくし、
返さぬと許してくれぬため、探しにきたいきさつをつぶさに語りました。
この話をお聞きになった綿津見神《わたつみのかみ》である大神は、
すぐに、大きな魚から小さな魚たちまでも呼び集めて、
「もしや、この方の釣り針を取ったものはいないだろうか」
と、お尋ねになりました。
　すると、魚達が、くちぐちに言いました。
「近頃、鯛が、のどになにか刺さってものが食えないと嘆いております。
その釣り針に違いありません」

しほみつたま　しほひるたま

ここに　たひの　のみとを　さぐりしかば　つりばり　あり
すなはち　とりいでて　すましして　ほをりのみことに　たてまつるときに
その　わたつみのおほかみ　をしへまつりけらく
このはりを　そのいろせに　たまはむときに　のりたまはむ　さまは
このはりは　おぼち　すすぢ　まぢち　うるぢ　といひて　しりへでに　たまへ
しかして　そのいろせ　あげたを　つくらば　ながみことは　くぼたを　つくりたまへ
そのいろせ　くぼたを　つくらば　ながみことは　あげたを　つくりたまへ
しかし　たまはば　あれ　みづを　しれば
みとせのあひだ　かならず　そのいろせ　まづしく　なりなむ
もし　それ　しかしたまふことを　うらみて　せめなば
しほみつたまを　いだして　おぼらし
もし　それ　うれひまをさば
しほひるたまを　いだして　いかし
かくして　たしなめたまへ　とまをして
しほみつたま　しほひるたま　あはせて　ふたつを　さずけまつりて

鯛ののどを探ると、釣り針があり、すぐに取り出し洗い清め、
火遠理《ほおり》命《のみこと》にお渡しする時に、
綿津《わたつ》見大神《みのおおかみ》は、次のようにお教えになりました。
「この釣り針を、兄の命《みこと》にお返しになる時に、
『この針は、おぼち　すすぢ、まぢち　うるぢ』と唱え、後手《しりへで》にお渡し下さい。
そして、兄の命が高いところに田を作ったならば、あなたは低いところに田を作り、
逆に低いところに作ったならば、あなたは高いところにお作りなさい。
わたしは水を司る神ですから、三年もたたぬうちに、
兄の命は、必ず貧しくなるでしょう。
そうなったことを怨んで攻めてこられた時には、
塩盈珠《しおみつたま》を出して溺れさせなさい。
もし、助けを乞うたなら、塩乾珠《しおひるたま》を出して、
水を引かせ、生かし助けておあげなさい。」
そうおっしゃると、
塩盈珠と塩乾珠のふたつの玉をお授けになりました。

すなはち　ことごとに　わにどもを　よびあつめて　とひたまはく
いま　あまつひだかのみこ　そらつひだか
うはつくにに　いでまさむとす
たれは　いくかに　おくりまつりて　かへりこと　まをさむ
ととひたまひき
かれ　おのもおのも　みの　ながさの　まにまに　ひを　かぎりて　まをすなかに
ひとひろわに　われは　ひとひに　おくり　まつりて　かへりきなむ　とまをす
かれ　そのひとろわにに
しからば　なれ　おくりまつりてよ　もし　わたなかを　わたるとき
な　かしこませ　まつりそ　とのりて
すなはち　そのわにの　くびに　のせまつりて　おくりだし　まつりき
かれ　いひしがごと　ひとひの　うちに　おくり　まつりき
そのわに　かへりなむと　せしときに
みはかせる　ひもがたなを　とかして
そのくびに　つけてなも　かへしたまひける
かれ　その　ひとひろわにをば　いまに　さひもちのかみ　とぞいふなる

そして海の鰐鮫をすべて呼び集めると、
「今から、日の御子さまがお帰りになるのだか、
幾日でお送りできるか」とお尋ねになりますと、
それぞれ体の大きさを考えて日数を数えておりましたが、
一廣《ひとひろ》の大きさの鰐鮫が、
「わたしなら一日で送ってまいります」と答えました。
そこで、海の神は、
「それならば、お送り申し上げなさい。
しかし、海の中を渡る時には、
決して怖い思いをさせてはならぬように」と仰せになり
その鰐鮫の首のところにお乗せし、
言葉通りに一日のうちにお送りして、鰐鮫は戻ってまいりました。
鰐鮫が帰る時に、火遠理命《ほおりのみこと》は、
ご自分が身につけていた紐小刀《ひもこがたな》を解いて、
首につけてお返しになりました。
それで、一尋鰐《ひとひろわに》のことを、
小さい刀のことをあらわすお名前、佐比持神《さいもちのかみ》と言うのです。

ここをもて　つぶさに　わたのかみの　をしへしことの　ごとくして
かのつりばりを　あたへ　たまひき
かれ　それより　のち　いよよ　まづしくなりて
さらに　あらきこころを　おこして　せめく
せめむとするときは　しほみつたまを　いだして　おぼらし
それ　うれひまをせば　しほひるたまを　いだして　すくひ
かくして　たしなめたまふときに　のみまをさく
あは　いまより　ゆくさき　ながみことの
よるひるの　まもりびとと　なりてぞ　つかへまつらむ　とまをしき
かれ　いまにいたるまで　その　おぼれしときの　くさぐさのわざ
たえず　つかへまつるなり

火遠理命《ほおりのみこと》は、すぐに、海の神に教えられたとおりに、
まじないの言葉を唱えて、あの釣り針をお返しになりました。
それからあとは、兄の火照命《ほでりのみこと》はすっかり貧しくなってしまいましたが、
荒々しい心を起こして攻めてくる時には、塩盈珠《しおみつたま》を出して溺れさせ、
また赦《ゆる》しを乞う時には、塩乾珠《しおひるたま》を出して、お救いになりました。
このようなことをされているうちに、とうとう火照命は、
「これからは、あなたのために、昼となく夜となくお護りして、
お仕えいたします」と誓いました。
火照命の子孫は、
今に至るまで、この溺れる様子を身振り手振りにして、
「隼人舞《はやとまい》」として伝えています。

うがやふきあへずのみこと

ここに　わたのかみの　みむすめ　とよたまひめのみこと
みづから　まゐでて　まをしたまはく
あれ　はやくより　はらめるを　いま　みこ　うむべきときに　なりぬ
こを　おもふに　あまつかみのみこを　うなはらに　うみまつるべきに　あらず
かれ　まゐできつ　とまをしたまひき　かれ　すなはち　そのうみべたの　なぎさに
うのはを　かやにして　うぶやを　つくりき

しばらくして、海のお宮におられた豊玉毘売命《とよたまひめのみこと》が、火遠理命《ほおりのみこと》を訪ねておいでになりました。

「わたしは身籠っております。そろそろお産の時がまいりましたが、天つ神の御子を海の中で、お産みするわけにはいきません。それで、こうして海の中から出て参りました」とおっしゃいました。

そこで、鵜《う》の羽で屋根をふき、海辺に産屋をお建てになりました。

ここに　そのうぶや　いまだ　ふきあへぬに
みはら　たへがたく　なりたまひければ　うぶやに　いりましき
ここに　みこ　うみまさむと　するときに
そのひこぢに　まをしたまはく
すべて　あだしくにの　ひとは　こ　うむをりに　なれば
もとつくにの　かたちに　なりてなも　うむなる
かれ　あれも　いま　もとのみに　なりて　うみなむ
あを　な　みたまひそ　とまをしたまひき
ここに　そのことを　あやしと　おもほして　そのまさかりに
みこ　うみたまふを　かきまみたまへば　やひろわにになりて　はひもこよひき
かれ　みおどろき　かしこみて　にげそき　たまひき
ここに　とよたまひめのみこと
その　かきまみ　たまひしことを　しらして
うらはづかしと　おもほして　そのみこを　うみおきて
あれ　つねは　うみつぢを　とほして　かよはむと　こそ　おもひしを
あが　かたちを　かきまみ　たまひしが　いと　はづかしきこと　とまをして
すなはち　うなさかを　せきて　かへり　いりましき

その屋根が出来上がらないうちに、
豊玉毘売命《とよたまひめのみこと》は産気づかれ、
急いで産屋《うぶや》の中にお入りになり、夫に向かって、申し上げました。
「人はみな、自分の国の習わしで出産します。
わたしも本来の姿となってお産いたしますので、
どうか、けっして、中の様子をごらんにならないでくださいませ」
その言葉を不思議に思われた火遠理命《ほおりのみこと》が、産屋の中をごらんになりますと、
妻が、大きな鰐の姿にかわり、這い廻って苦しんでおり、
命はその場を逃げ出してしまわれました。
豊玉毘売命は、心恥ずかしく思い、
御子をお産みになりますと、
「わたしは、これから海の道を往き来して、お目にかかりたいと思っておりましたが、
わたしのあの姿をご覧になりましたことは、
何よりも恥ずかしく、もうこれきりでございます」
と海の道をふさいでお帰りになってしまいました。

ここをもて　その　あれませる　みこの　みなを
あまつひだかひこなぎさたけうがやふきあへずのみこと
とまをす

この時に出産された御子のお名前を、
鵜《う》の羽の屋根を葺《ふ》き終えぬうちにという意味を含めて、
天津日高日子波限建鵜葺草葺不合命《あまつひだかひこなぎさたけうがやふきあえずのみこと》といいます。

しかれども　のちは　その　かきまみ　たまひし　みこころを
うらみつつも　こひしきに　え　たへたまはずて
そのみこを　ひたしまつる　よしに　よりて
そのいろと　たまよりひめに　つけて
うたをなも　たてまつりける　そのうた

あかだまは　をさへひかれど
しらたまの　きみがよそひし
たふとくありけり

かれ　そのひこぢ　こたへ　たまひける　みうた

おきつとり　かもどくしまに
わがゐねし　いもはわすれじ
よのことごとに

そののちも、豊玉毘売命《とよたまひめのみこと》は、
恥ずかしい思いを忘れられずにおりましたが、
恋しく思う気持ちは抑えられず、
妹の玉依毘売《たまよりひめ》を、
御子のお世話のためにお宮に向かわせて、
歌を言付けなさいました。

赤玉は、通した紐までも、光り輝くものですが、
真珠のような、あなたさまの装いは、もっともっと、
美しく高貴なものでありましょう。

火遠理命《ほおりのみこと》もまた、歌をお返しなさいました。

沖の遠く、鴨の降り立つ島で、
共に暮らした妻のことは、けっして忘れはしない。
この世が、変わろうと。

かれ　ひこほほでみのみことは　たかちほのみやに
いほちまりやそとせ　ましましき
みはかは　やがて　そのたかちほやまの　にしのかたに　あり
この　あまつひだかひこなぎさたけうがやふきあへずのみこと
みをば　たまよりひめのみことに　みあひまして
うみませる　みこの　みなは　いつせのみこと
つぎに　いなひのみこと　つぎに　みけぬのみこと
つぎに　わかみけぬのみこと　またのみなは　とよみけぬのみこと
またのみなは　かむやまといはれひこのみこと　よはしら
かれ　みけぬのみことは　なみのほを　ふみて
とこよのくにに　わたりまし
いなひのみことは　みははの　くにとして
うなはらに　いりましき

そして、火遠理命《ほおりのみこと》である日子穂穂手見命《ひこほほでみのみこと》は、
五百八十歳になるまで、高千穂のお宮にお住まいになりました。
御陵《みはか》は、高千穂の山の西にあります。
御子である鵜葺草葺不合命《うがやふきあえずのみこと》は、
海のお宮からいらした叔母にあたる玉依毘売命《たまよりひめのみこと》をめとられ、
そのあいだに四柱《よはしら》の皇子がお生まれになりました。
五瀬命《いつせのみこと》、稲氷命《いなひのみこと》、御毛沼命《みけぬのみこと》、
そして若御毛沼命《わかみけぬのみこと》、またの名を豊御毛沼命《とよみけぬのみこと》、
またの名を神倭伊波礼毘古命《かむやまといはれひこのみこと》と言います。
御毛沼命は、波の穂を踏んで、常世《とこよ》の国に渡られ、
稲氷命は、母の国、海原へ入られました。
神倭伊波礼毘古命《かむやまといはれひこのみこと》は、のちの神武天皇です。

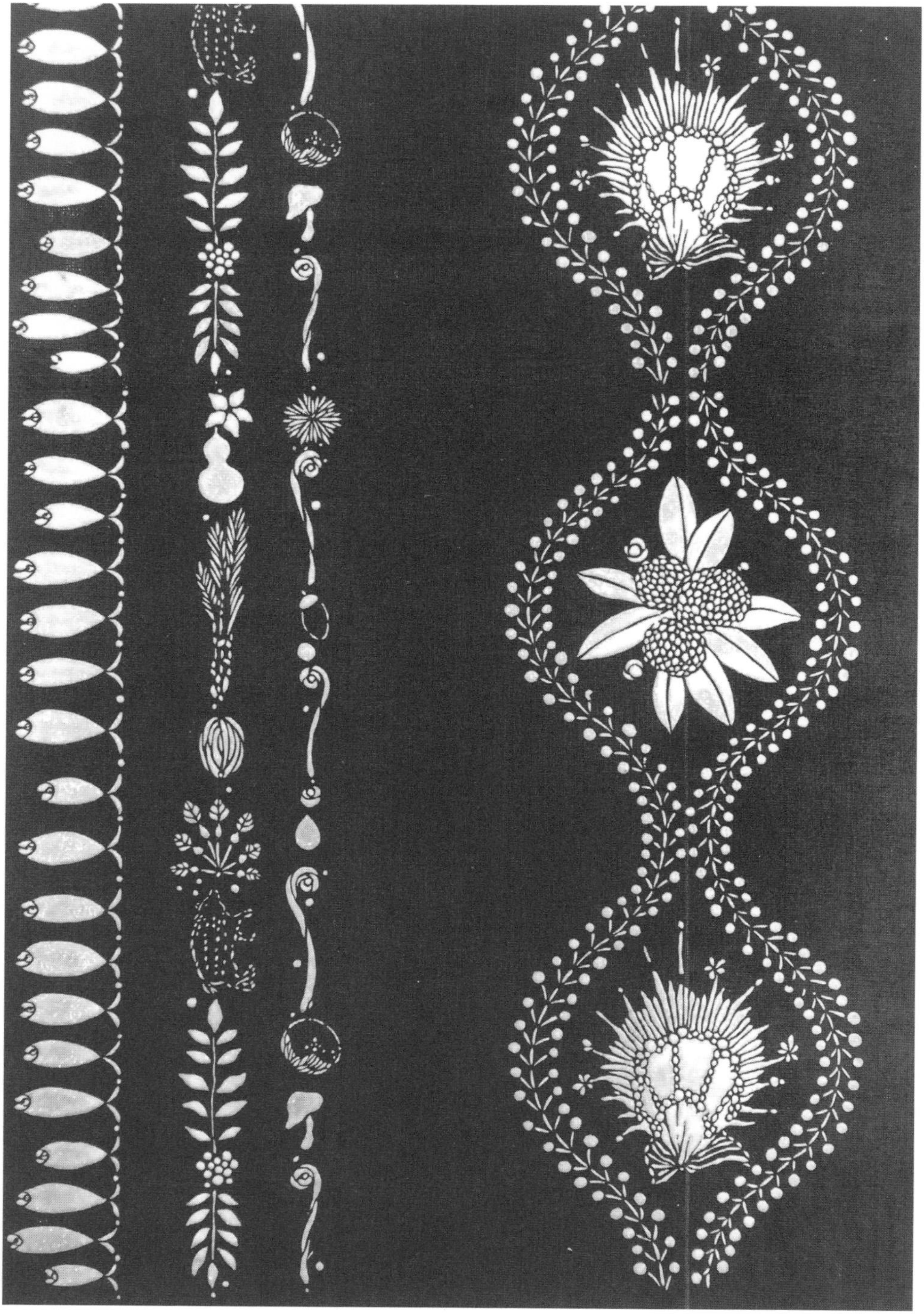

『ゆずりは　古事記』発刊に寄せて

大和郡山市長　上田　清

春、新しく芽吹いた葉っぱに養分をゆずり、古い葉っぱが散っていくことから名付けられた「ゆずりは」。その花言葉は「世代交代」「譲渡」「若返り」だそうですが、古事記の言葉の力が未来に向けて、その命をつないでいってほしいという大小田さんの思いが本書のタイトルには込められていて、味わい深く、奥行きのあるネーミングにあらためて感動しているところです。

現大和郡山市に生まれた稗田阿礼が伝えたとされる古事記が、私たち市民にとってより一層身近な存在となったきっかけは、二〇一二年の「古事記一三〇〇年紀」事業でした。

『人間ってすごいじゃないか。語り継ごうよ、語り部の里から。』という力強い呼びかけで始まった本事業は、オープニングイベント「古事記一三〇〇年　新たな物語りの始まり」を皮切りに、

○「ふるさと語り部エッセイ」～今語り継いでおきたいこと～の募集
○「当世語り部口座」、「子どもに語るお話入門養成講座」の開講
○市民劇団『古事語り部座』による『古事記（ふることぶみ）』の上演
○島根県雲南市の市民劇団とのコラボ『古事記ざんまい』
○「古事記の里　ウォーク&イベント」の開催

○　シンポジウム『古事記と宇宙』の開催と喜多郎さん作曲の『古事記』の演奏
○　大和郡山産純米酒『こをろこをろ』の発売
○　阿礼を祭る賣太《めた》神社における古事記の輪読会

などなど、市内の各地域や団体により行われたイベント等を含め、文字どおり古事記一色に彩られた一年でした。

ある語り部口座での問いかけが今も強く印象に残っています。

「日本の子どもたちが描く山はなだらかで、緑に包まれているけれど、多くの国では山といえば岩山、ごつごつとしていて全体が茶色。そのことは、わが国の文化にどのような影響をもたらした?」

毎日のように届く世界各地の戦争や紛争の映像に接する度に思い出す言葉です。

そうしたなか、奈良県においても古事記一三〇〇年関連の各事業が展開された一年でした。

なかでも『古事記朗誦大会』は大変好評で、多くの団体が古代衣装に身を包み、思いを込めた朗誦を春日野国際フォーラムの能舞台で披露することができました。大会には市町村長の部もあり、私も『こをろこをろ』が登場する場面を中心に朗誦させていただいたことを懐かしく思い出しています。

この朗誦大会で発声方法などを指導いただいたのが大小田さくら子さんで、そのことがきっかけとなって交流が始まり、今や郡山城天守台のお月見や阿礼に因んで毎年開催している記憶力大会などで大小田さんの古事記朗誦がすっかり定着しました。あらためて感謝申し上げます。

『未来につなげる言葉の種蒔き』心から期待しています。かまくら春秋社代表伊藤玄二郎様をはじめふるさと納税で応援いただいた皆様に深く感謝申し上げ、私からのメッセージと致します。

奈良県・大和郡山市

大和郡山市は奈良県北部に位置し、東西約９ｋｍ、南北約７ｋｍの広がりを持ち、４２.６９㎢の面積を有しています。大和川水系である一級河川の佐保川や富雄川が南流し、市域は概ね平坦ですが、富雄川以西では矢田丘陵が広がり起伏が大きくなっています。大阪市から直線距離で約２５ｋｍ、京都市から約４０ｋｍの距離にあり、そのアクセス性の高さから京阪神地区における中堅都市として発展を遂げてきました。また、内陸性の工業団地が形成されている一方で、郡山城を中心とする城下町として繁栄してきた経緯から多くの文化遺産や自然環境が現存しています。

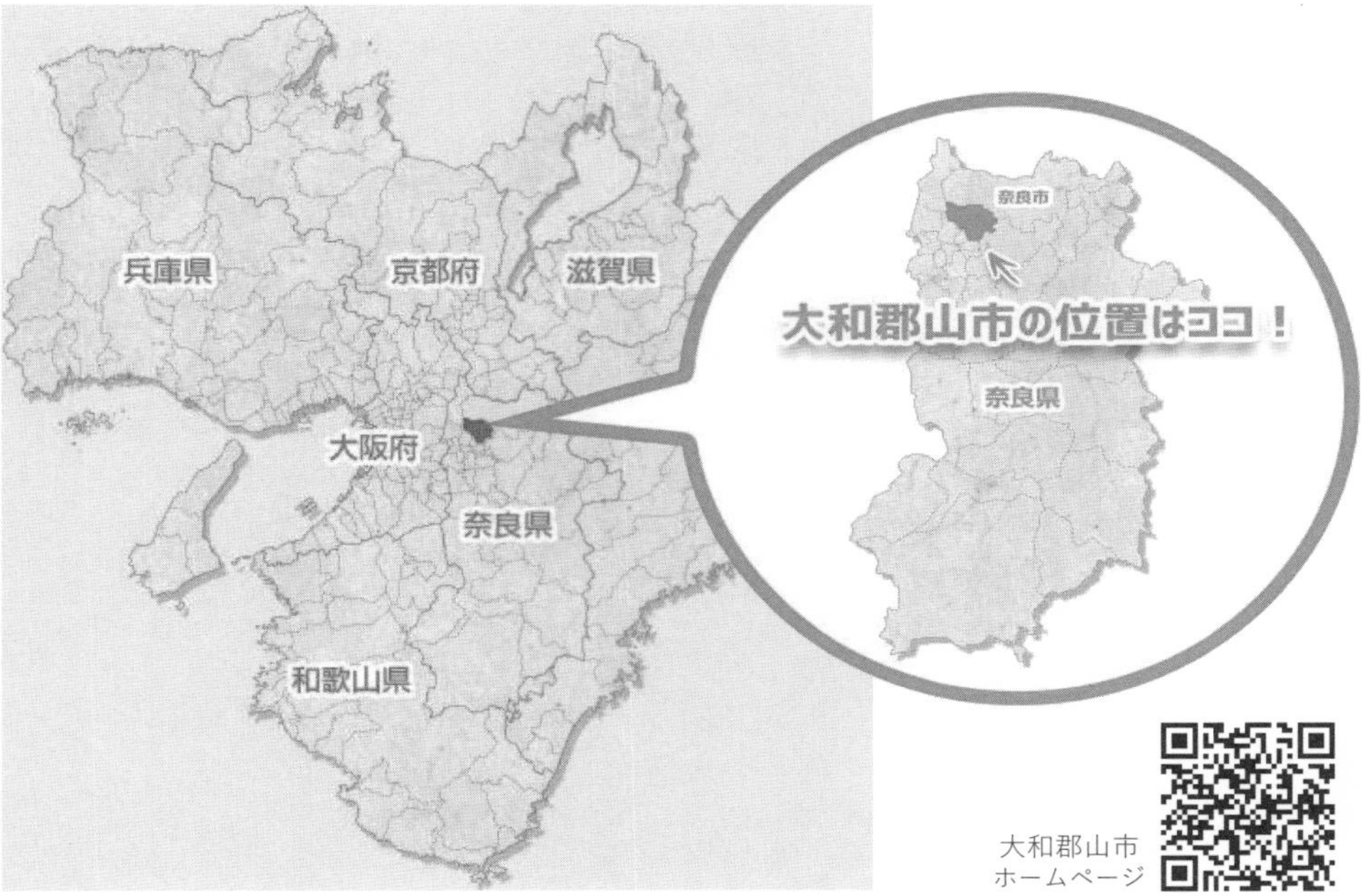

大和郡山市
ホームページ

「語り部の里」やまとこおりやま

現在の大和郡山市稗田町出身の「稗田阿礼(ひえだのあれ)」は、古事記の序に『時に舎人(とねり)あり、姓は稗田、名は阿礼、年は二十八、人となり聡明にして、目に度(わた)れば口に誦(よ)み、耳に拂(ふ)るれば心に勒(しる)しき』と記されています。

一度、目や耳にしたことは決して忘れなかった稗田阿礼に、時の天皇、天武天皇は、古代の様々な事柄を誦み習わせ、授けました。そして30有余年後の元明天皇が、太安万侶(おおのやすまろ)に「稗田阿礼が誦み習った事柄を記録せよ」と命じ、712年に古事記が誕生しました。

現在、阿礼は、稗田町にある『賣太神社(めたじんじゃ)』に祀られ、『語り部の神様』『語り部の祖』として、地元の人に親しまれています。

また、古代の様々な伝承を記憶し、古事記編さんに携わった稗田阿礼にちなみ、毎年２月に「記憶力大会」が開催されています。

こちらもチェック！
記憶力大会公式Youtube「アレイちゃんねる」より

やまとかたり
あおうえい音の葉発声法

古事記朗誦やまとかたり
あめつちのはじめ

記憶力大会マスコットキャラクター
「アレイくん(左)とアレイちゃん(右)」

大小田さくら子（おおこだ　さくらこ）

朗誦家。朗読家。英国での出産を機に絵本朗読の活動を始め、古事記など口承文芸を朗誦する「やまとかたり」を行う。古の言葉の響きの中で感じる命のつながりに思いをはせ、寺社での奉納朗誦を続ける。春日大社（式年造替〔2016年〕、御創建一二五〇年〔2018年〕、若宮式年造替〔2022年〕）、薬師寺（天武忌〔2007, 2018年〕、食堂落慶〔2017年〕）など。朗誦・素読・発声法を伝える「やまとかたりの会」を主宰。鎌倉ペンクラブ会員。奈良在住。著書に『やまとかたり　古事記をうたう』（新潮社）、『やまとかたり　あめつちのはじめ』（アカツキノイエ）など。
https://yamatokatari.org/

大小田万侑子（おおこだ　まゆこ）

型染作家。1992年生まれ。鎌倉で育つ。藍染料による型染技法を用い「生命感のある表現」について探求する。沖縄県西表島の紅露工房にて染織家石垣昭子氏に師事。東京藝術大学修了作品展「買上賞」、「安宅賞」受賞。東京藝術大学美術研究科美術専攻工芸研究領域（染織）博士後期課程修了。現在、東京藝術大学工芸科染織研究室教育研究助手在籍。
https://okoda-mayuko.tumblr.com/

協　賛
一般社団法人 GTCI Association　　合同会社レスプワール
栗原誠一　　千本倖生　　古川洽次
山中ジェニー　　山中祥弘
（五十音順・敬称略）

ゆずりは　古事記
著者　大小田さくら子
発行　大和郡山市
制作・発売　かまくら春秋社
鎌倉市小町二－一四－七
電話〇四六七（二五）二八六四
印刷　ケイアール
令和五年八月十六日　発行

ISBN978-4-7740-0878-3　C0095